村上春樹とネコの話

村上春树·猫

[日] 铃村和成 / 著

李天宇 / 译

北京联合出版公司
Beijing United Publishing Co.,Ltd.

目录
contents

村 上 春 樹 と ネ コ の 話

猫性和女性

此地有猫出没

只有猫知道

就是喜欢暹罗猫

我是牺牲者，也是刽子手

静静地消逝

穿越时空的猫

被偷走尾巴的猫

猫 趣

后 记

专 访

chapter

01

猫性和女性

冬天结束后，春天如约而至。春天是个美
妙的季节。到了春天，我、她和猫都可以松一
口气。四月有几次铁路罢工。遇上铁路罢工，
我们就过得非常幸福。每天只有一条电车线路
通行。我和她抱着猫一起乘坐电车，一起晒太
阳。日子就像湖底般静谧安详。我们都还年轻，
而且刚刚结婚，生活中洒满阳光。

——《袋鼠佳日》

所有用于形容猫的词汇，优雅、端
庄、冷艳、高贵、娇媚、任性……
似乎皆可用于形容女人，这实在是
件有趣的事。

风情万种的猫

我经常用手轻轻触碰索玛的尾巴，以确认它的存在。

猫这种生物，确乎有种使人捉摸不透的神秘感。它会突然消失不见，夜里，又突然从附近的暗处蹿出来。至于蹿出来的到底是小猫索玛，还是猫妈阿扬，抑或是邻里的猫，又或者是野猫，我就不得而知了。所以，即使索玛钻进我的被窝里，蜷成一团酣睡起来，我也总有些不安心。索玛尾巴蜷起的地方很特别，我总是忍不住用手指确认一下那只属于它的微妙弧度。

给猫拍照更是难上加难。

静物或是风景会一直守候在镜头前，但猫会在何时何地出现，恐怕只有上帝知道。而且，猫不像狗那样呼之即来。

没错，猫就是这么矫情，你召唤它的时候，它反而故意不肯现身；而等你几乎要忘记它的存在时，它又会不知从哪里冒出来。

猫心血来潮时，也会在你的镜头前搔首弄姿。我家的猫妈阿扬就是这样的。它是家中最温驯的一只猫，偶尔使使小性子，捉弄捉弄其他的猫，看上去心情总是不错。它能很快与陌生人熟络起来，让人不禁怀疑它有谈笑的本领。来家里的朋友和邻居都对它赞不绝口。

忘记说了，我家有三只猫，都是母的：猫妈阿扬，还有它的两个女儿——索玛和小灰。

我们家一直有种偏见，就是认为母猫比公猫更有猫性。家中几代人养过不少猫，可最终留下的几乎都是母猫，那些公猫不经意间都不知去向。

猫应该算女性动物吧？

柔软的躯体、婀娜的动作、漂亮的皮毛，不管怎么看，猫都应该是女性。

也许有人会质疑，猫不是有胡须吗？

胡须无疑是男性的象征，但是将猫的"胡须"称为"胡须"原本就是一个错误。猫的"胡须"是白色的，一看就知道和明治天皇威严的恺撒胡不同。猫的胡须更像女性的项链或者耳环，是优雅的装饰品。

猫很爱干净，一有闲暇就梳理自己的毛，或者用前爪洗脸梳妆。所以理应将猫划分到女性的范畴中。与生物学上的性别概念无关。

有些男性也化妆，但如果不是歌舞伎艺人，就不该带着妆容抛头露面，这是常识。而猫如此专注地"化妆"，则是在向世人宣示自己是女性般的存在——只有那些穿着短裙的女中学生，才会在地铁里专心致志地盯着小镜子化妆。猫——无论是公猫还是母猫——在"化妆"的时候都不会受到任何人的责难，这正是其女性般存在的明证。

像猫一样，只取悦自己，不理会他人，生命也许更精彩吧？

大智若猫

　　猫灵巧而睿智，深谙与人共生之道，狗可没那么聪明——我这么说，恐怕会遭到爱狗者的批判吧？

　　看到陌生人就叫，这是狗的天性，但猫不是。猫以是否合自己的心意为选择的标准。而且很奇怪，它们似乎更愿意与那些被狗吠叫的人做朋友。

　　我每每走夜路，都会被狗吠叫。

　　有人说，狗亲近人，而猫亲近地。

　　猫不会像狗那样全心全意地为人类服务。如果非要套用服务与被服务的关系的话，往往是人服务于猫，而猫总是心安理得地接受人类的服务。

　　猫薄情，不知回报，无论人类如何宠爱它们，为它们鞍前马后地忙碌，它们想要走的时候，都不会有任何犹豫。当然也有人喜欢猫这种性格——我就是其中之一。

　　猫也会撒娇，当它们觉得寂寞时，就会爬上主人的膝盖，或跳上摊开的报纸，随意那么一坐，千娇百媚。但它们绝不会像狗那样又摇尾巴又吐舌头来讨好人类。

　　猫爱睡懒觉，醒着的时候也是睡眼惺忪的，所以那些懒惰的人都被称作"懒猫"。但猫毫不介意人们怎么评价自己。它们随心所欲，特立独行。

　　看到猫占领我的椅子，伸长身体睡大觉，我就忍不住感慨猫深不可测的智慧。

　　猫决定睡在我的椅子上，可能是因为它们觉得我是一家之主。这是猫特有的方式——篡夺主人的椅子，悠然自得地睡觉。

　　我在家中的权力就在它们睡觉的时候一点一点丧失了。

　　波德莱尔说，从猫的眼睛里可以读取时间。

　　光的细微变化，都能在猫的眼睛里得到体现。我常用手指翻开猫的眼皮。手指下面的绿色瞳孔，像宇宙一般发出永恒的光芒。不一会儿，猫的眼睛便会盖上一层白膜，哪

怕它们是睁着眼睛的。这种本领，我是怎么睡都学不来的。

　　我从来没有见过猫发脾气，这也很神奇。我见过猫和猫之间激烈争战的场面，也见过几只比较勇敢的猫和狗"互吠"，但没见过猫对家人发脾气。

　　无论多么豁达的人，如果正睡得香甜时被人撬开眼皮，都会不高兴吧？但猫在睡觉的时候，不管你是掐它，还是挠它，它都不会生气。在猫看来，人类的爱抚和捉弄，都是无聊的小把戏。

　　猫深谙人类的喜怒哀乐，为人类展示了一个永远零度的冷酷典范。

世间的美，达到极致，往
往毁灭，譬如绚烂的樱花、
柔软的猫，以及像猫一样
的三岛。

三岛由纪夫和猫

都说真正有男子汉气概的男人和猫是不相称的。如果高仓健怀中抱着猫，总让人感觉不伦不类。

三岛由纪夫虽然以阳刚之气闻名于世，但他的性格中带有女性倾向。他幼时的一张照片或许可以作为证明。没记错的话，照片中的三岛穿着校服，抱着一只表情略显呆滞的猫，他正握着小猫的爪子让它跟相机打招呼。

我从书房里翻出昭和46年——三岛自杀的翌年，即1971年（三岛与昭和同岁，比起西历纪年，似乎还是年号更适合他）11月的《三岛由纪夫读本》。读本已然没

高仓健：日本著名
演员，出演过两百
多部影视剧。1978
年，其主演的电影
《追捕》在中国大
陆上映，引起巨大
的轰动，使其成
为一代人的偶像。
2005年，他还主
演了张艺谋的电影
《千里走单骑》。
2014年11月10日
因病去世，享年
83岁。

了封皮，破烂不堪。我翻到卷首，果然找到了那张照片。

在昭和17年正月的那张照片上，三岛正和弟弟（千之）、妹妹（美津子）、母亲（倭文重）、父亲（梓）一起，在日式住宅的外廊上晒太阳。照片中，弟弟抱一只小狗，而三岛抱着一只小猫。

怀抱小猫的三岛面带微笑。

谁也没有想到，这样一个孩子后来会成为忧国志士，以致最后切腹自杀。如果三岛能和村上春树一样，始终与猫为伴该有多好！那样不知又会产生多少优秀的小说。

同一页的下方还有一张照片，也有小猫，不过这次小猫是坐在妹妹腿上的。照片里的三岛穿着立领式校服。那时，他已从学习院高等科毕业，英姿凛凛。他可能是觉得抱着小猫太娘娘腔，所以才把猫托付给妹妹的吧？

另有一张照片是三岛执笔《沉没的瀑布》期间土门拳为他拍摄的。

土门拳：20世纪30年代中期以来日本最具影响的纪实摄影家。

在日式的书斋里，三岛背对书架，坐在桌前，桌上的书本杂乱地堆放着。他拿着一支烟，对面坐着一只大猫。从照片上只能看到猫的后背，而三岛的眼睛里似乎有灵感在闪烁。

这灵感一定来自那只猫。

猫和三岛心照不宣，可见三岛是喜欢猫的。

三岛的师傅川端康成的作品大多描写女性，被视为女性作家。但事实上，川端康成和猫并不投缘。他的作品里写过名犬，却从未提及名猫。他认为猫不可信，是需要提防的对象。

暂且不说猫是否值得信赖，单是川端抱着猫的样子就叫人难以想象。而三岛由纪夫难以捉摸的特点，却和猫一拍即合。他不仅喜欢猫，有时俨然就是猫。

或许有人要提出异议了——在《金阁寺》中，三岛将"南泉斩猫"写得何其残忍，一个真正爱猫的人，怎么可能做到呢？

三岛爱猫，甚于生命。在"斩猫"这个场景中，被毁灭的确乎是猫，但其实，猫是美的幻影。因此，真正被毁灭的是美。换句话说，正是这美的存在，招致了毁灭。而三岛自己的结局，又何尝不是如此？

所以，三岛是猫派，这是毋庸置疑的。

在日式的书斋里，三岛背对书架，坐在桌前，桌上的书本杂乱地堆放着。他拿着一支烟，对面坐着一只大猫。从照片上只能看到猫的后背，而三岛的眼睛里似乎有灵感在闪烁。

爱猫者有爱猫者的情怀，爱犬者
有爱犬者的思量，二者在文学中
的区别，也是显而易见的。

猫派和犬派

村上龙：日本著名小说家、电
影导演，与村上春树一起被称
为"双村上"，代表作为小说
《无限近似透明的蓝》。

小林秀雄：日本作家、文艺评
论家，代表作有《文艺评论》
《陀思妥耶夫斯基的生活》等。

森鸥外：日本著名小说家、翻
译家，代表作有《舞姬》《雁》等。

谷崎润一郎：日本唯美派文学
大师，代表作有《刺青》《荫
翳礼赞》《细雪》《春琴抄》等。

　　如果给其他作家分类——当然，本书的主人
公村上春树是百分百的猫派；村上龙是猫派吧（这
个有点儿微妙）；小林秀雄是犬派；森鸥外是犬
派；夏目漱石是猫派；太宰治是猫派吧……

　　不过要说最极致的猫派，绝对是谷崎润一
郎。他一生搬过三十多次家，但无论搬到哪
儿，身边总有猫的影子。他说："动物当中最
美的是猫，眼睛美，鼻子更美！"

　　谷崎润一郎写过一个短篇小说《猫与庄造与
两个女人》，在描写庄造的爱猫莉莉分娩的片段

中对猫的描写可谓惟妙惟肖：

> 小猫正从空箱子里面探出脖子，"喵"地叫了一声。庄造不禁讶异：畜类竟也拥有这般柔情似水的眼神！虽然有些不可思议，不过躲在壁橱阴影中那扑闪扑闪的眼睛，已经不是原先那爱捣乱的小猫的眼睛。那一瞬间，他看到的是一双说不出多妖媚、多性感、多忧愁的成熟雌性的眼睛。

这篇小说讲的就是一个男人爱猫胜于爱妻子的故事。庄造理解猫的心情，也完全能听懂猫的语言。

庄造和妻子品子分开之后，和福子生活在一起。品子无法放下庄造，于是想出了一个对策，她央求庄造把莉莉留给自己。庄造对品子已无留恋，却渐渐发现自己舍不得莉莉，于是开始考虑是否和前妻重归于好——故事在这里突然终止。

可怕又可笑的小说。

不要轻视猫。

否则，猫和喜欢的男人都有被人夺走的可能啊。

继续说猫派和犬派。

芥川龙之介，很难说他是猫派还是犬派，但非要分个究竟的话，应该更偏向犬派。

芥川龙之介：日本著名小说家，代表作为《罗生门》。

获原朔太郎：日本早期象征主义诗人，著有诗集《吠月》《青猫》等。

获原朔太郎，感觉像犬派，因为他在诗集《吠月》中写道：

> 这素不相识的狗
> 总是跟在我身后
> 原来是瘦弱的瘸腿狗的影子

诗人把狗当作自己的分身或影子，所以归于犬派也不是没有根据，但是在同一诗集中，也有以猫为题材的诗歌：

> 两只乌黑的野猫攀在难熬的夜晚的屋檐
> 挺直竖立的尾巴尖
> 挂着一丝朦胧的月弦
> "哦哇，今晚可好"
> "哦哇，你也可好"
> "喵——喵——喵"
> "哦哇，这家的主人病中难安"

此处描写的，是和朔太郎一样患忧郁症或者神经质的同类们，他们化为黑猫，攀在屋檐上吠叫，因此，把朔太郎归为猫派也未尝不可。

　　《吠月》这个诗集名，容易让人联想到狗对月吠叫的情景，大概是因为"吠"字里有个"犬"字。但在《猫》这首诗中，对月吠叫的却是猫。对朔太郎难以清晰界定，从此处也可看出。或者可以说，《吠月》写的是狗和猫同时对月吠叫。

做只快乐的猫，找个有太阳的地方，安安稳稳地睡觉。不叹息过往，不忧心前路，简单自足，方能抓住眼前的幸福。

猫叫和夏日的海鸣

猫到底会不会"吠"，这是个难题，至少我不曾听过。

荒木经惟的写真集《爱猫西罗》中，倒是有一张西罗做了避孕手术后腹部缠着绷带的照片。照片中的西罗看上去在痛苦地吠叫着。

人们一般说猫叫为"鸣る"，即"鸣"，又总觉得哪里不对劲，大概是因为"鸣"字里有个"鸟"字吧。

我更愿意把猫的叫声称为"猫叫"。

猫会哭泣吗？

"泣"字有三点水，和眼泪有关系，所以只有悲伤的时候叫才能称为"泣"吧？不过，猫显然不只是在悲伤的

荒木经惟：日本著名摄影师、当代艺术家，代表作有《多愁之旅》《东京幸运洞》《迷色》等。

时候才会叫。

猫都在什么时候叫呢？

想要东西吃的时候，撒娇的时候，人类向它们倾诉、说些莫名其妙的话的时候。

猫的叫声内涵丰富，有各种声调。如果猫盯着你大声叫，说明它肚子饿了；如果它拖长叫声，很有可能是不满；而当它的要求得到满足，叫声就会变小，温驯而得意。

猫发情时，会发出奇怪的呼唤，暂且称为"吠叫"吧。猫打架时，会立刻恢复野性，发出骇人的声音，这个应该算作"吼叫"吧。

总之，被我们笼统地称为"猫叫"的声音，实际上是千变万化的。

还有一个疑问：猫对我们发出的声音，是不是专门为人类制造的呢？

有一种说法是，人类自以为在模仿猫的声音，对猫低声私语吐露爱意，但这只是人类的自作多情。实际上，猫在模仿人类发出的这种模仿猫的声音，人类听到后又不断模仿猫，由此形成了一种复杂的关系。

人类会无意识地将自家的猫拟人化，同样，猫也会无意识地把自己的主人拟猫化。

我从未听到猫对人类以外的对象"喵喵"叫过。

"喵"难道是猫针对人类才会发出的叫声？也许猫在长期和人类生活的过程中，逐渐学会了"喵"这种"语言"。

我曾想，是否可以利用窃听器，听听猫在没有人类存在的环境中是怎么叫的。

不过，猫的直觉很敏锐，如果发现人类在窃听，还是会用"喵语言"来对话人类吧？

猫也是会笑的，阿扬就是典型的例子。它笑起来就像一个温柔的少妇，给人温暖与安静的感觉。

不过大部分的猫并不是通过表情来传递微笑的，而是通过"咕噜咕噜"的低吟——暂且将这"低吟"也算作猫千变万化的叫声的一种吧。

"咕噜咕噜"低吟的猫，是世界上最快乐的存在。

那静谧的音乐，让人丝毫没有心理上的防备。

在这个充满规则、权力和征服的复杂世界，不时传来猫那间断性的笑声。

那些无法像阿扬一样通过表情传达微笑的猫，通过发出"咕噜咕噜"的声音，来持续它们那永恒的笑声。

我想起村上君的一段话来：

我最喜欢听猫从喉咙里发出的"咕噜咕噜"的声音。

那"咕噜咕噜"声好像乐队一般，由远而近，声音一点一点增强。

把耳朵附在猫的身体上，就会听到夏日结束时的海鸣般的降隆声，在猫柔软的体内，和呼吸同步上升、下沉、上升、下沉——就像刚诞生的地球。

我经常模仿村上君，把耳朵贴在猫柔软的身体上，和着猫的呼吸，一边抚摸蓬松的猫毛，一边感受从远处而来的"夏日结束时的海鸣般的降隆声"。

海天记忆

猫的记忆中 /

是否 / 有海一样的天 /

和 / 天一样的海 /

码头嬉闹 /

chapter

02

此地有猫出没

　　两只猫沉沉地睡着。看到猫熟睡
的身姿，我也得以安下心来。我深信
在猫安心睡觉的时候，不会发生特别
恶劣的事情。

　　——《村上朝日堂，嗨嗬！》

有些事情似乎在冥冥之中早已注定，
譬如与猫的相遇，说是偶然，却也
带着某种必然。

家有美猫

阿扬是妻捡回来的。

妻在某个巷子里看到几只玩耍的小猫，随手抓起一只，看了看屁股，见是母猫（不知她是怎么分辨出来的），于是就带回家来了。

妻对阿扬可谓是"一见钟情"。

妻不愧是爱猫的行家，后来证明，阿扬真是一只不负众望的好猫。它产下的两只小母猫——索玛和小灰，如今都出落得十分漂亮。

妻是捡猫大师，她捡过各种小猫，而且每次捡得都非常成功。

我也曾模仿妻去捡猫，可总不顺利。

有一次，我在校园里捡回一只没见过世面的小猫。不到一个月，它就被家门前来往的汽车撞死了。我估计它没见过汽车，所以意识不到汽车的危险。那是一只棕色的小猫，真是可怜。

我还捡过一只中年猫，准确地说是它自己跟我回家的。它在我家蹭吃蹭喝三个多月，把自己养得胖胖的，却在春天来临的时候跑了，并且顺手牵羊带走了妻刚买的生鱼片。

村上春树也捡过猫，那只广为读者熟知的叫彼得的猫就是其中之一。在村上食不果腹的时候，幸亏有彼得，班上的女同学才愿意解囊相助。

彼得和村上患难与共，想到此处，我就感到非常沮丧，对自己捡猫的技术断了念想。

阿扬身着艳丽的枯叶色皮毛——妻说是红叶色——总之是只漂亮的母猫。它是典型的日本猫，腿短，脸宽，走起路来像臃肿的女佣，却又不乏优雅。

猫总是眯着眼睛，像在打盹儿。如果你想根据瞳孔的颜色来区别两只猫，那就不得不翻开它们的眼睑仔细比较，否则是分辨不出的。猫眼的颜色非常复杂，而且时时刻刻都在发生着变化。我到现在还无法确定阿扬的眼睛究竟是什么颜色的，说是淡绿色，其中又掺杂着金色，而且随着光线的变化似乎又能变幻出其他颜色来。

索玛此刻正蜷成旋涡状，在我身旁的椅子上睡觉。它那深棕色的皮毛上嵌着黑色条纹，看上去很潮流。它总是愉快地把尾巴卷起来。我很喜欢摸它弯曲的尾巴，它似乎也很享受。

索玛有着和索马里儿童一样的大眼睛，金色，有裂痕，是标准的"猫儿眼"。不过除此之外，它和索马里没有半点儿关联。它淘气好动，有点儿小骄傲。比起妹妹小灰和母亲阿扬，索玛显得有点儿神经分分，但它显然对神经分分的自己很满意。

我敲打着键盘，时不时摸摸索玛的后背和脖颈。索玛最招人喜欢的地方，就是像现在这样，不论我怎么写它，它都不在意，顾自睡得香甜。即使我用手梳理它的皮毛，或者逗逗它的耳朵，它也不会睁开眼睛。

小灰有着银灰色的皮毛，绿色的瞳孔，骨子里透着一股清高。可能是因为面部条纹的关系，它就像久居深宅的大家闺秀，看上去总是眉头深锁、忧心忡忡的。不过，它一跳到我的膝盖上，就开始"咕噜咕噜"地低吟，忧郁的表情中流露出一丝喜悦。

小灰睡得比阿扬和索玛都多，并且很难被打搅，你把它换一个地方，它照样能睡得很香。如果小灰能再活泼一点儿，应该也会和阿扬一样讨人喜欢吧。

索玛和小灰的父亲，也就是阿扬的丈夫，是附近放养的一只美国短毛猫。很精神。比起阿扬，两个女儿的腿要长许多，身材也更苗条。不过我觉得，还是腿短一些的日本猫更可爱，更讨人喜欢。

猫是我们家的和平天使。不管周围如何狂风大作，猫仍可以泰然自若，这简直就是奇迹。即使在一触即发的紧张气氛中，只要一插入猫的话题，紧张感就会随风消散。

我和妻吵架，阿扬和它的两个女儿却能安然地在一旁睡觉，似乎还做着美梦。看到它们心满意足的睡姿，心瞬间就被温暖填满。

在猫安心睡觉的时候，果然不会发生特别恶劣的事情。

希望阳光再暖一点，日子再
慢一点，猫的陪伴再久一点。

与猫同乐

用手指轻戳猫的身体，会感觉手指似乎能够穿透猫的身体而到达另一侧。这样安静的柔软，使人忍不住多戳几下。

孩提时代的村上春树，也喜欢用手指戳猫的身体。

一个异于我们世界的时间，悄悄地穿过猫的身体。我以孩子的细小的手指，在猫毛中感觉到了那时间的流动。猫的时间，就像藏有重大秘密的银鱼，或者像时刻表上没有记载的幽灵车，在猫的身体深处，以猫形的温暖暗影，神不知鬼不觉地消逝。

每次读到这里，我就忍不住感叹，和村上比起来，自己对猫的喜爱，实在不值得一提。然而，虽爱猫不如村上专业，却也有意外的惊喜发现。

猫的舌头非常特别。软软的，粉粉的，像刚出炉的薄饼，上面有一粒粒的小突起。猫的舌头很长，可以卷出各种形状。猫睡觉时总是不自觉地微张着嘴，露出一小截舌头，像是含着粉色的糖果。

猫的耳朵非常滑稽。薄薄的，冰冰的，像竹子皮一般，表面生长着绒毛，里面却光亮可鉴，又坚硬又柔软，真是种无可名状的特别存在。我想像剪票一样剪开猫的耳朵。

有时候，我会仰面躺下，把索玛举到面前，抓起它的两只前脚，将那柔软的肉球贴在眼皮上。这轻巧的重量和温暖的肉球让人心生喜悦。世间没有比这更美妙的放松方式了。这种时候，索玛很乖巧，不会像小灰那样乱动。

跟猫蹭鼻子打招呼是家常便饭。当自己的鼻子蹭上猫咪湿冷

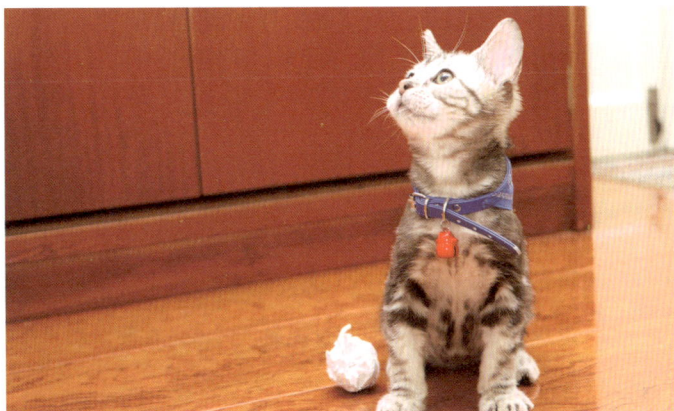

的鼻子，一股喜悦油然而生。不过我一直有疑问，为什么猫的鼻子时而湿润时而干燥呢？猫是怎么做到让鼻子保持湿润的呢？难道猫想让鼻子变得湿润就能变得湿润吗？

匪夷所思。

我感到疲惫、躺下小憩的时候，阿扬会趴在我的腿上或胸前"咕噜咕噜"地低吟。它收拢四肢，紧贴在我身上，使我感到无比幸福，几乎幸福到已经不再有任何企求，尽管喜欢做猫的坐垫似乎有受虐的倾向。

这种时候，阿扬一般都背对着我，尾巴尖儿总是扫到我的鼻子。有时它的屁股上还沾着大便残留物，看上去就像刻着楔形文字的菊花瓣，真是让人受不了。

阿扬的好心情总是能及时传递给我，在我心里形成回音，从而使快乐加倍。阿扬察觉到我心情不错，就会用爪子抓我的膝盖，并发出"咕噜咕噜"的声音。不知不觉地，我仿佛也听见自己在"咕噜咕噜"地应和。

阳光充足的日子，小灰喜欢晒太阳。大部分时候，它都是蜷缩的，偶尔也会横躺在地板中央。它微微眯着眼，不知是醒着，还是睡着。不过，看它尾巴不时扫过地面，应该是在假寐吧。它那柔软的身体浸泡在阳光中，仿佛大了一圈。

我真担心它会飘起来，越飘越远……

我贴着它的身体躺下，享受着过滤后的阳光，温暖柔和。再靠近一些，脸上有轻微的痒痒的感觉，带着阳光的味道。有时，我甚至担心小灰会安静地融化在阳光中。

阿扬和索玛也喜欢午后的阳光，吃饱喝足了就找个位置晒晒肚皮。不过，对于索玛来说，干躺着显然过于无聊。它总是自己找乐子，例如捕捉窗棱洒下的斑驳光影。阿扬则喜欢在阳光下梳妆打扮，姿态优雅地舔舔皮毛，风韵十足。

有时，母女俩也会用爪子拍拍肚皮，一脸严肃，似乎在怀疑自己长胖了。

这倒是和妻有些像——她也总在吃饱后问我："是不是又胖了？"这样算来，我们家有四位女性。

看着沐浴在阳光中的猫，心渐渐变得平和安静。

天气晴朗的时候，对面的屋顶上总躺一只大白猫。那是一只毛色纯粹的波斯猫。好像叫"安妮"吧？很西洋的名字，是源于那位高贵的王后吗？若果真如此，倒是名副其实。安妮外表娴静端庄、姿态优雅尊贵，给人一种高高在上的冷艳感。

此处是指英格兰王后安妮·波林，她是英王亨利八世第二任妻子，伊丽莎白一世的生母。

美食是世间最温暖的治愈良药，
热爱生活的人，大抵不会抗拒
美食。想来猫亦如此。

唯美食不辜负

　　我们家的三只猫中，最馋的是小灰，其次是索玛，而阿扬则很挑食（也未必是真的挑食）。

　　每次喂食，小灰都是第一个蹿到食盆前的，速度之快，兴致之高，与平日里的文静模样有着天壤之别。我几乎要怀疑，它每天睡十几个小时，是在为抢食养精蓄锐吗？

　　小灰从来不知道什么是"挑食"，几乎什么都吃。除了猫食，还有猪肉、火腿肠、鸡腿、紫菜卷、蔬菜、乌冬，甚至纳豆和柿子，它都采取来者不拒的态度。

　　这让我对小灰的种族属性产生过严重的质疑。不过，小灰最喜欢吃的还是鱼，从活鱼到冻鱼，再到鱼罐头，甚至和鱼沾点儿亲的章鱼丸子和鱿鱼丝，它也吃得津津有味。因此，我一颗悬着的心才算放了下来：没错，是猫族。

小灰吃得很快，吃完自己盆里的就去抢阿扬的。别看它平时懒洋洋的，抢起食物来却毫不示弱。而阿扬为了取悦小灰，从不和它计较。

索玛吃饭的时候也是神经兮兮的。先蹭到食盆前瞅瞅是什么，然后抬头看看阿扬和小灰，最后突然伸出前脚把食盆打翻。你正纳闷儿呢，它开始狼吞虎咽了。索玛不抢别人的食物，也不允许别人抢自己的，所以时常和来抢食的小灰打成一团，结果常常是两只猫身上都沾满食物。

索玛有时会钻进厨房觅食，妻用来润滑菜刀的橙子、生鸡蛋，甚至黑胡椒也吃。好在它是铁打的皮囊，从来没吃坏过肚子。

某天妻从冰箱里取完牛奶，我顺手一推，把冰箱门关上。结果妻把剩余的牛奶放回去的时候发现索玛正在里头瑟瑟发抖。它大病了一场，自此对"冰箱"这个怪物敬而远之。

阿扬到底是做了母亲的，吃相比两个女儿优雅斯文。它吃得不多，但很挑剔。肥肉和咸鱼都不吃，便宜了小灰。阿扬总是吃一点儿就抬头看看两个女儿，接着再吃一点儿，充满慈爱。阿扬从不像索玛那样满屋子找吃的，也不像小灰那样去抢别人的食物。但是看阿扬那臃肿的身材，却一点儿也不像吃得少的。我怀疑阿扬在外面开荤，只是回家来摆出一副大方优雅的样子罢了。

猫果然也是有心机的——和女人一样。

0   3   6

Happy birthday ！

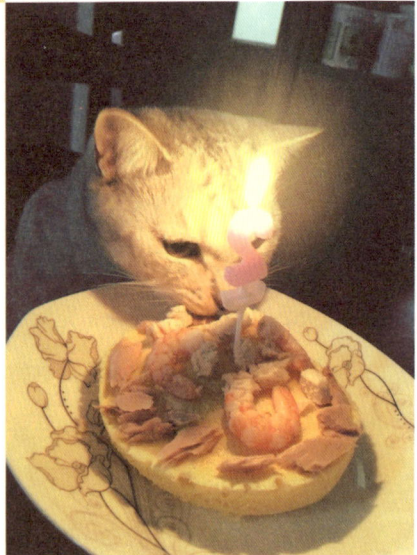

小灰现在爱喝牛奶了。它第一次喝牛奶的时候，一副小心翼翼的样子，先绕着盘子走几圈，然后嗅一嗅，接着舔了舔，觉得味道还不错，这才开始大口大口舔起来。它喝牛奶时，不允许我和妻靠近，喉咙里发出"咕咕"的警告声。可是我和妻喝早餐牛奶，它却毫不客气地和我们抢，打翻过好几次，也被妻训过好几次，但它显然只在乎牛奶。

我把小灰爱喝牛奶的事告诉一个朋友，朋友很讶异："猫喝牛奶是会肠胃不适的。"我听后去查了一些资料，也特地询问了宠物专家，似乎确实如此。但不知为何，小灰从未出现过什么症状。不过，还是应该听听专家的话，少给猫喝牛奶。

前几天小灰胃口不好，连它最爱吃的生鱼片也不吃了，每天无精打采的。我和妻带它去做健康检查。若在以前，它预感到要出门，一定会反抗，但那天它很乖巧，窝在妻的怀里，看起来楚楚可怜。

在去往宠物医院的路上，我想起村上春树的猫——那只叫麒麟的猫，最后是因为得结石而死的。

我突然一阵不安，小灰不会也得了结石吧？

好在检查结果显示只是消化不良。小灰吃了药，很快就恢复了。

有惊无险。

猫各自独立，又相互取暖。人也一样，只是，需求似乎总是大于给予。

快乐一家猫

索玛虽然有些神经兮兮的，但不需要别人为它操心。小灰呢，好像真的把自己当成了大小姐，恣意任性，一副天不怕地不怕的脾性，仗着自己小，总是惹姐姐索玛生气。而且，不管周围人（猫？）怎么不开心，它自己却毫不在乎——妻说这点和我一样。

冬天的时候，妻和阿扬在睡觉，小灰觉得冷，就会钻到被窝里把阿扬赶走，有时甚至跳到熟睡的妻的被子上，或者带着满身泥巴直接钻进妻的怀里。

小灰明知道阿扬不喜欢自己，却还是喜欢赖在母亲身边，要母亲舔自己。如果阿扬不理它，它就一而再、再而三地舔阿扬；一旦阿扬开始舔它，小家伙立马就顾自享受起来，一副"舔吧，舔吧，越久越好"的表情。

阿扬出于母性的本能，忍不住为小灰梳理，但有时会突然意识到自己很愚蠢，于是停下来，继而发出一声愤怒的叫声。它是在为自己的善良懊恼呢。

小灰就是这样，只知道索取，却从不付出——妻说这点也像我。

阿扬很招妻的疼爱，索玛也被全家人视为掌上明珠，但没有人喜欢小灰——据说这点也像我。

不过小灰有银色的皮毛、绿色的瞳孔，如贵妇一般华美，这可一点儿都不像我。

说来也怪，三只猫中最具冒险精神的是索玛，而最孩子气的却是猫妈阿扬。

如果按照人类的年龄推算，阿扬快四十岁了，但它似乎还眷恋着母亲的乳头，睡觉时总是把鲜红色的舌尖卷成筒状，发出"咻咻"的声音，好像在吮吸乳汁。

猫会做梦吗？

答案似乎已经找到了——阿扬一定是在梦里吮吸母亲的乳汁。或者，就像村上春树的小说《寻羊冒险记》中的"我"那样，在思考鲸鱼巨大的阴茎？

小灰像往常一样，坐在暖炉边向阳的地方打盹儿，阿扬大老远跑过来挑逗它。小灰慵懒地睁开眼看看母亲，好像在说"我现在不想玩"，随后又闭上眼睛继续睡。

小灰总是这么闷不吭声，缺乏表情。或许是它看起来像眉头深锁的面部纹路，使它不知不觉习惯了愁眉苦脸。

阿扬又向小灰猛冲过来了。小灰皱着眉，注视着母亲疯狂的举动。阿扬不是幼稚，是奉献——作为母亲，它正在努力取悦自己的孩子。而在我们看来，却像是上演了一出"母女对打戏"。

所谓"本性难移"，大概就
是像猫这样，无论在人类世
界待多久，都不会丧失野外
生存的技能。

柔软中的野性

索玛沉沉地睡着，我静静地望着沉沉睡着的索玛。

如果触摸它的肉球，它会立刻露出爪子。这柔软的小生命，不知如何长出这般尖利的爪子。

爪子是猫鲜为人见的秘密武器，足有一厘米长，如果猫愿意，随时都可以割断人的喉咙。于是你终于意识到，猫和老虎一样，也属于猛兽。

但猫似乎决心不对人类使用爪子。听说过有人被狗咬死的，但从没听说过有人被猫挠死的。即使面对摇篮中熟睡的、嘴角残留着奶渍的婴儿，猫也不会出手加害。猫的智慧，从这里也可以看出。

猫是缩小版的老虎，看到它们在卧室的地板上踱来踱去，忍不住联想到非洲大草原。

猫把非洲大草原带到了卧室，它们锋利的爪子就是野生的记号。不过，这爪子可不会轻易显露出来，就像它们的牙一样——除非你用手拨起猫脸颊上的肉，否则轻易是看不到猫牙的。

猫被抚摸的时候，也会用牙轻轻咬人的手背，充满爱意。咬到你刚能感觉到疼，它就停下。无论多么风姿绰约的女性，恐怕都无法这么恰到好处地噬咬男性的肩膀或胸膛吧。

猫在人类面前会藏起野性的象征，比如爪子和牙齿，而这也是它们拥有无穷无尽的魅力之所在。

按压它们的肉球，使其露出爪子，再抵到额头或脸颊上——绝对会让你体验到一种即将被狮子袭击的刺激。埋进它们那被太阳晒过的皮毛里，会让你暂时忘掉自己的身份，恢复些许人类最原始的兽性。浑身沾满猫的气味，会使你产生空落落的颓废感。那是一种变身为兽类的颓废感。

和慵懒的猫在一起，则将堕落，至无尽深渊。

狩猎是猫的本能，永远不会丧失。

阿扬是狩猎高手，它常钻进小库房去找老鼠，或者在院子里袭击小昆虫。阿扬待人和善，对两个女儿也疼爱，可对临死的虫子却没有半分怜悯，欲擒故纵，翻来拨去，简直就是"凌迟处死"，而它却乐此不疲。

索玛也是"名捕"，它什么都敢捕，刚出生的小狗、鱼缸里的金鱼，它甚至还捉过蜈蚣，吓得妻脸都白了。索玛尤其喜欢捉蝴蝶，从窗台上追到花坛里，从院子里追到马路边，一刻也不消停，打翻个花盆或者鱼缸，在我们家也已经司空见惯。

不过我怀疑，它是不好明目张胆地打破鱼缸捉金鱼，才想出借捉蝴蝶的名义的。索玛一点儿也不像表面上看起来那么简单——不只是索玛，所有的猫都不简单。

但奇怪的是，小灰似乎一点儿也没有遗传到阿扬的天赋。

早春时节，阿扬会衔着小鸟得意扬扬地回来。索玛看到奄奄一息的小鸟就特别来劲儿，蹿上去就和阿扬争夺起来。可怜的小鸟，羽毛在家里乱飞，脑袋在地上晃荡，阿扬和索玛却兴致高涨。这种时候，小灰也会忍不住参与其中。

我们内心的兽性也逐渐被唤醒，混杂着都市的气息。

和猫一起生活，就像把都市和草原完美地糅合在一起。

猫把它们居住的城市变成了非洲大草原。

猫的魅力，兼具都市的高雅和原野的粗犷。

当我们拿着相机四处寻索猫的踪影时，猫说不定正在暗处偷偷嘲笑我们。

糟糕！被偷拍了

阿扬在镜头前，偶尔会摆摆 pose，甚至还会微笑。

拿着相机接近阿扬，它会钻到车底下，或故意蹭你的脚给你添乱。有时，它会突然四脚朝天，在地上打滚，可能是因为后背瘙痒，也可能，它想取悦谁。不过，它只有心血来潮的时候才会这样。

猫从来不乖乖顺从主人的意愿。

阿扬才不会理会我脖子上挂着相机想要干吗！

不过，它虽然很少配合拍照，但偶尔也会搔首弄姿。这和人类的模特摆 pose 完全不同——它的一举一动都显得那么自然，再娇媚的姿势也是本能使然。

我迅速按下快门，捕捉这瞬间的妖娆，就像在暗中偷拍一样，趣味盎然。

我和猫之间似乎形成了一种"共犯关系"。

每次拍完，阿扬都摆出一副"糟糕！被偷拍了"的表情，立即消失得无影无踪，怎么呼唤都不会出来，搜索也是徒劳。

人是无法追踪猫的，只能等待猫自行现身，等待那巨大的波斯菊偶然盛开。

索玛的脾性很像阿扬，拿着相机靠近是很难抓拍的。而且，它的机警程度比阿扬要高，就算躲在暗处偷拍，也往往被它洞悉，一个转身就不见了踪影。

动物害怕相机，因为相机的镜头像枪，是危险的信号。

猫这种生物，没有固定的坐标，像谜一样地存在。如果你偶然发现一次猫的踪影，那么别妄想下次能在同一个地方找到它。我想甚至可以给猫下一个定义——猫是一种永远都不在"某处"的生物。

人类能用相机将猫的身影定格在虚实的瞬间，却永远也妄想拍到猫的神秘与智慧。

猫狗 有约

当我养猫时 /

我还养了 / 一只狗 /

大部分时候 /

它们和平共处 / 相亲相爱 /

偶尔 /

它们也会 / 这样 /

皇子和卡娅 / 妈妈木思璎 / 图

chapter

03

只有
猫 知 道

那之后，我把店铺搬到了千驮谷，在那里开始创作小说。一天的工作结束后，夜里，我就把猫放在膝盖上，一边啜几口啤酒，一边写起了我的第一篇小说，这至今都是美好的回忆。猫似乎不喜欢我写小说，总是踩躏桌上放着的底稿。

——《村上朝日堂是如何锻造的》

没有足够定力的人，无论多么喜
欢猫，最好都不要养猫。因为你
无法预测，猫会在何时何地突然
"施咒"，从而使你做出什么令
自己都难以控制的事。

幽灵般的存在

　　猫自由散漫、飘忽不定，消失得叫人摸不着头脑，出现得又不可思议。而且，就算它们消失后不再回来，人类也无计可施，就像那只在我家蹭吃蹭喝一整个冬天的中年猫。如此想来，猫每次出去后还能回来，真是一件值得庆幸的事。

　　离开我们的视线，猫是何等神秘。

　　荻原朔太郎有一首题为"青猫"的小诗：

啊

在这偌大都市的夜里

安然入睡的只有一只青猫的影子

那是诉说人类悲惨历史的猫影
那是我们求之不得的幸福青影
无论哪个影子
都被人类追逐

青猫融于幽暗，如影子，如幽灵，像暗夜行路者，以犀利的目光，警觉地观察着沉默的世界。

猫全身软软的，没有任何厚重感，使你觉得它们会凭空消失。

有时我会怀疑猫是否只有形迹，而没有实体。这种不真实的存在感，使猫的一切不可思议都有了合理的解释。

猫天生就带着一种妖气，若没有了妖气，猫根本不能算猫。

和猫脸贴脸亲近时，那些平时羞于说出口的话都能自如地表达。

我经常对阿扬、索玛和小灰说一些甜言蜜语。妻说，如果被陌生人听到，一定会以为我在疯言疯语。

可是，她自己却总是说出更肉麻的话来。但她却不愿承认，我除了无可奈何地笑笑，别无他法。

千万别和猫以及女人理论。

猫会引人脱离正常的轨道，这种能力太可怕，所以把猫归到巫女或恶灵一类有魔性的存在，也是合情合理的。

世界对猫是残酷的，猫却对世界报以温柔。因此，世界越残酷，猫越显温柔。

村上猫·登场

外面的世界，危机四伏。

有人会无端伤害猫。

有人会对猫投毒。

有人会开车撞死猫。

有人甚至会抓猫去做三味线的外皮。

三味线：日本传统弦乐器，一般认为起源于中国的三弦。

有人看到猫可爱，便带回家去——就像我和妻。

接下来要讲的，就是一个关于猫的恐怖的故事。

在村上春树的《1973 年的弹子球》中有这样一个场景——中国人杰经营了一家"爵士酒吧"。一天晚上，一个外号为"鼠"的朋友在酒吧里和杰聊起了猫的话题。

这或许可以说是猫这种生物首次在村上小说中登场。

"或许"这个词很重要，因为严格说来，很难确定猫最早出现在村上小说中到底是什么时候——村上春树的处女作《且听风吟》中出现了鼠，而鼠和猫自古就是一对不可分离的搭档，有鼠的地方怎么能没有猫呢？而且，《且听风吟》中虚构的小说家哈特费尔德中意的三样东西中就有猫。

言归正传，在《1973年的弹子球》中，鼠谈到了杰的猫。

　　"少了只手。"

　　"少只手？"鼠反问。

　　"猫爪。跛子！四年前的冬天，猫浑身是血地回来了。一只爪像橘皮果脯似的完全没了形状，惨不忍睹。"

　　鼠把手里的杯子放在台面上，看着杰的脸道："怎么搞的？"

像鼠这样的男人可不会轻易把玻璃杯放在台面上。若在平时，只有遇到像机关枪开火一样激烈的事件，他才会这样。而这一次他这么做，却是因为说到猫的话题。

　　杰接着说道："不知道，我曾猜想是被车轧的，但那也太惨了。要是车轮轧的，不至于变成那样。就像被老虎钳夹过似的，不折不扣的肉饼。也有可能是谁搞的恶作剧。"

　　杰把无过滤嘴香烟在台面磕了几下，衔在嘴里点火。

"是啊，根本没必要糟蹋猫爪。猫老实得很，丁点儿坏事都不干。再说糟蹋猫爪谁也占不到便宜。毫无意义，又残忍至极。不过嘛，世上还真有很多很多这种无端的恶意。我理解不了，你也理解不了，可就是存在，说四下里全是，恐怕都不为过。"

鼠仍盯啤酒瓶，再次摇头："我可想不明白。"

这一段对话的可笑之处在于经常被猫虐待的鼠倾听猫的悲惨遭遇，并且表现出极大的同情。如果村上写一本动物志，肯定会很有趣，这个小故事便是绝佳的素材。

不过，在村上的长篇处女作《且听风吟》中，我们已经与这种无端的虐猫事件打过照面了。——主人公"我"将悄悄杀死 36 只猫的事告诉了读者，而不是女朋友。

这时间里她大多问的是我上的大学和东京生活，也没什么趣闻，不外乎用猫做实验，我撒谎说："当然不杀的，主要是进行心理方面的实验。"而实际上，两个月里我杀了大小 36 只猫。

大小 36 只猫。

"36"这个数字足够惊人，加上"大小"两字，将杀猫这一行为的冷酷性表现得淋漓尽致。

或许读者有所疑问：如此血腥的杀猫事件，却能写得这般轻松随意，村上春树真的喜欢猫吗？

答案是肯定的。如果不是对猫爱得深刻，就没有上文杰和鼠的对话，而《弹子球》中的杰说"残忍至极"，其实也是在说《且听风吟》中"我"啊！

村上春树不仅喜欢猫，有时他就是猫！

猫这种纤弱华贵的生物，刺激着人类的施虐本能。对猫施虐的行为，理解为爱的过激表现也未尝不可。

总之姑且记住，猫在村上春树的作品中，总是以一种充满血腥和暴力的方式出场。

无论是在东方还是在西方，黑猫似乎都与"恶"相伴。它虽不是恶魔，却能召唤每个人深深藏起的另一半灵魂。

黑猫与恶魔

在村上春树之前，提到虐猫情节的作家应该是埃德加·爱伦·坡。他的代表作是《黑猫》。在这部小说中，主人公无论是敏感的神经，还是忧郁的气质，都很符合爱猫人士的特征，是典型的猫派。他养的黑猫普路托是只"很漂亮的猫，全身乌黑，并且惊人的聪明"，这种感觉，只有爱猫的人才能体会到。

说到猫聪不聪明的问题，我想起了村上君的彼得和缎通，以及小说中虚构的暹罗猫咪咪（也许并非完全虚构，不过这是后话）——这些猫也都是"惊人的聪明"，在村上君的生活和作品中扮演了重要的角色。

有聪明的猫，必然就有不聪明的猫来对比。第一只跃入我

埃德加·爱伦·坡：19世纪美国小说家、诗人、文艺评论家，亦是侦探小说和恐怖小说先驱之一。

脑海的笨猫是村上君在国外遇到的幸太郎（原名是莫里斯）——"一只中年褐色公猫，总好像呆头呆脑的，优柔寡断，其貌不扬，不过脾性绝对不坏。"

第二只跃入我脑海的笨猫是胡麻……还是先回归《黑猫》吧。

主人公这么爱猫，却在某个晚上性情大变，实施了虐猫的暴行。

一天晚上，我喝得烂醉。回到家以后，我以为这只猫在躲我。我一把抓住了它。它看见我凶相毕露吓坏了，不由在我手上轻轻咬了一口，留下了牙印。我顿时像恶魔附身，怒不可遏。原来那个善良的灵魂一下子飞出了我的躯壳，我暴跳如雷，从背心口袋里掏出一把折叠刀，打开刀割向这只可怜的动物喉咙，随后又坦然地将其一只眼珠挖了出来。写到这该死的暴行，我不寒而栗。

村上春树的《海边的卡夫卡》中的主人公也是如此，无论是爱猫还是恨猫，都表现得异常激烈。这也是个有趣的现象。

《黑猫》中的主人公"原来那个善良的灵魂"一下子飞出了他的躯壳，"坦然"地剜去了自己心爱的黑猫的一只眼睛。

猫似乎天生就带着这种恶魔般的力量，能让人变得善恶难辨，为激烈的情感所驱使。

"我"已经被黑猫的灵魂附体了，觉得独眼的黑猫很讨厌，就把它吊在了树枝上。

我出此下策，就因为我知道这猫爱过我，就因为我觉得这猫没冒犯过我，就因为我知道这样干是在犯罪——犯下该下地狱的大罪，罪大之极，足以害得我那永生的灵魂永世不得超生，如若有此可能，就连慈悲为怀，可敬可畏的上帝都无法赦免我的罪过。

后来，主人公在一家小酒馆的大酒桶上看到的那只黑猫，正是他杀死的那只黑猫的转世。但当把这只黑猫带回家后的第二天，主人公发现这只猫也被人挖掉了眼睛，和普路托一模一样。对它的感情就变成了近乎恐惧的憎恶。

之后的故事，大家都很熟悉——

有一天，主人公走下家里地窖的阶梯时，险些被这只黑猫绊倒。于是，他又如恶魔附体般丧失了理智，抢起斧头，对准猫砍下去。但妻拦住了他，于是他对准妻的脑壳就是一斧。

被普路托的恶灵附身的主人公，将妻的尸体砌在了地窖的墙里。

警察来搜查，一无所获，正要离去时，主人公却头脑发热，一边说"这几堵墙砌得很牢固"，一边用木棍敲打砌进了妻的尸体的墙面。

这个行为简直像恶魔般嚣张，也充满了自虐自罚的意味。

随后，墙里发出了声音——"开头瓮声瓮气，断断续续，像小孩抽泣，随即变成连续不断的高声长啸，声音异常，凄惨可怖。"

主人公终于意识到自己"把这怪物砌进墙里去了"。没错，那只黑猫，自始至终都在暗处观察着主人公的一举一动，把主人公当作木偶一样

操控着，或者说主人公已然变成了黑猫。

猫这种生物，如同它的叫声一样使人难以捕捉，它们的精神会依附到各种物体上。

《黑猫》的主人公突发的施虐心态，是被猫引诱出来的，或者说本来就是隐藏在猫身上的。黑猫是恶魔，而恶魔是人。

黑猫和"我"，其实是互借灵魂，彼此相爱。

对很多人而言，错的不是路，而是选择；少的不是爱，而是缘分。

爱情向导

追溯到千年以前，在《源氏物语》中，也有描写猫操控人的命运的故事。

源氏有众多妻子，其中最高贵的要数三公主。

早春三月，风和日丽，在源氏的宅邸里举行了蹴鞠比赛，集聚了不少年轻的公子。忽然，一只可爱的中国小猫，被一只大猫追逐，蓦地从帘子底下钻了出来。侍女们慌了手脚。小猫身上系着长长的绳子，那绳子似乎被什么东西绊住了。小猫拼命扯着绳子，把帘子的一端高高地掀起。

就在这时，贵公子柏木看见屏风旁边站着一位女子，她

《源氏物语》：日本古典文学的最高峰，作者为紫式部。全书以源氏家族为中心，上半部写了源氏公子与众女子或凄婉或美好的爱情故事；下半部以源氏之子薰为主人公，描写了纷繁复杂的爱情纠葛。

仅穿了一件内裤，红面紫里层层叠叠，如同彩纸册子的横断面。她身材纤小，头发油光可鉴，_丝丝下垂_，直达衣裾，彷如青丝瀑布，末端修剪得非常美观。这垂发的侧面，和姿态美得难以言喻。只可惜日色已暮，室中幽暗，柏木看不真切。

公子们沉迷于蹴鞠，侍女们也看蹴鞠看得入神，谁也没有注意到，有一个男子，正醉心于窥看内室的女子。

小猫大声哀叫，女子回眸一顾，姿态娴雅，风韵十足。

就是这一瞥，使柏木三魂丢了七魄，对三公主如痴如醉地迷恋。

可是最终，柏木与三公主私通，触怒了源氏，英年早逝。而他与三公主生下的孩子薰，后来与一位叫浮舟的女子相恋无果，悲剧收场。

两代人的爱恨与悲剧，都是从当初那只小猫掀开竹帘的那一刻开始的。在整个故事中，三公主未必没有意识到自己与柏木相爱会带来怎样的后果，但她无力摆脱猫施下的魔法。只有那只中国小猫，始终泰然自若，因为只有它知晓这些人的命运。

知晓？或许就是它在操纵也未可知。它虽不是《麦克白》中的女巫，但却切实影响着人物的命运走向——对，鬼使神差。

猫略施小计，就蛊惑了柏木原本纯正高尚的心。《源氏物语》中的这只中国猫，作为爱情的向导，完美地阐释了猫这种生物令人神魂颠倒的神奇本领。

这是只有猫才知道的玄妙！

每一个人都有属于自己的一片森林，迷失的人迷失了，相逢的人会再相逢。（村上语）

噩梦与猫町

一天，我做了一个奇怪的梦。

梦到我在一个女人家里。

那女人养了一只可爱的猫，我去的时候，它总是从女人的怀中跳出来跑向我，而我总是惊慌失措。

每次抱起那只小猫，我都能隐约闻到它身上淡淡的香味。

我对那只小猫抱有些许嫉妒。

越嫉妒，也就越喜爱。

在梦中，女人正在对镜化妆。

我似乎是在看报纸，无意间瞥向她那边——

"啊！"我失声惊叫——她竟然在用猫爪擦粉！

我顿感毛骨悚然，但仔细一看，原来那只是一种化妆工具，不过有点儿像猫爪罢了。

用猫爪化妆的女人。

猫就是女人，女人也就是猫。

但我还是觉得不可思议，于是问道："那是什么，你拿着擦脸的那个？"

"这个？"

女人微笑着转过身来，把那个工具放在我面前。

我拿起来一看，竟然是真的猫爪！

"这是怎么回事？"

说完，我恍然大悟，想起今天没有看到小猫。难道她把爱猫的爪子剁下来了？

女人答道："你没看出来？这是猫的爪子呀！"

这个女人，斩断爱猫的爪子，做成化妆工具，正对着镜子擦脸！

我不寒而栗，但同时也隐约地感觉到，或许这正符合了猫的期望。

就在那时，镜子中似乎反射出了猫和女人残酷的一面。

我猛然醒过来，妻抱着索玛睡得正香。屋子里静悄悄的，只有人和猫的呼吸声，在温暖的空间里此起彼伏。

　　我重新躺下，脑子里还想着梦中的女人和猫，总觉得背心发凉——至于后来是怎么又迷迷糊糊睡着的，以及做了什么梦，是记不得了。总之，夜半惊梦还能入睡，应该算是好事吧。

　　荻原朔太郎写过一篇《猫町》——也是发生在梦中的故事——主人公在迷宫般的街道上走失，误入了一条只有猫居住的大街。

　　"快醒过来！"
　　我的内心充满了恐惧，情不自禁地喊了出来。这时一只又小又黑，像老鼠般的动物从街道中间跑了过去。这个景象真实地印刻在我的脑海中。似乎这个异常、突然出现的景象打破了整体的和谐感。
　　瞬间，万物静止，无边的沉默四处弥漫。
　　我不知道发生了什么。但就在下一个瞬间，出现了人所难以想象的、世间少有的恐怖景象。大街上聚集着蠢蠢欲动的大猫群。
　　猫，猫，猫，猫，猫，猫，猫……到处都是猫！
　　家里的窗户上出现了一只长了胡须的硕大猫脸，就像是裱在框中的图画一样，浮现在我眼前。

　　这噩梦中的世界，无论多么爱猫的人，都不希望自己真的迷路而误入如此可怖的"猫町"吧?

　　当然，如果真有这样的地方，我倒是想去体验一下到底有多恐怖。

　　猫生来就有两张面孔，一张危险，一张可爱。正是这两张面孔，使我们时而对其感到恐惧，时而又为之着迷。

　　没错，就像 femme fatale 一般，危险又神秘，冷酷又自信。

femme fatale: 流行天后布兰妮的第七张个人专辑名，中文译作"蛇蝎美人"。

夕阳 剪影

落日余晖中 /

那一剪 / 静默的身影 /

是 / 夜幕降临前 /

最后一缕惊艳 /

chapter

04

就是喜欢

暹罗猫

当然，猫的性格各不相同，每一只都有它们独特的思考方式，行为方式也不尽相同。我正在养的一只暹罗猫的性格就很奇怪，它只有抓着我的手才能生小猫。这只猫开始腹痛的时候就立刻靠在我的膝盖上，像靠着椅子一样坐着用力。我紧紧抓住它的小爪子，小猫就一只只地生出来了。看着大猫产小猫也是非常有趣的。

——《村上朝日堂的卷土重来》

请相信，每只猫都身怀绝技；请相信，每个人都会发出属于自己的光。

身怀绝技的猫

人有身怀绝技的人，猫也有身怀绝技的猫。

阿扬能靠着椅背把脑袋挂到扶手上，使身子扭成麻花状睡上几个小时。小灰能用两个前爪就熟练地把螃蟹去壳。以前养过的一只猫会跟着人一起跳绳，可惜后来离家出走了。至于杂技团里那些经过专业训练的猫，更是穿衣、骑车、踩球、做算术、弹钢琴，无所不能。当然，我接下来要说的，只是一只普通的家猫。

春天的时候，邻居家来了只"V"字脸的暹罗猫，棕黑色的皮毛，贵气又有型，蓝色的眼睛宛如在黑暗中闪烁的蓝宝石。它全身上下游走着一股无法抵挡的魅力，一般的猫根本望尘莫及。它第一次来我家时，在玄关处站住，竖起长而尖的耳朵，一双锐眼闪着蓝色的光，直愣愣地等着我。三秒钟后，它大概是发现自己走错门了，低吟一声，优雅地转身，跑了。

那真是一只精神抖擞的暹罗猫，与小灰形成了鲜明的对比。

它是邻家的猫，叫"顶酱"，据说这名字是因为它会顶物而得来的。我对这一点一直半信半疑。暹罗猫是猫中的贵族，它怎么放得下高贵的矜持而去做"杂技演员"呢？而且，暹罗猫生性好动，怎么能顶住东西呢？

一个温暖的下午，顶酱摇着高傲的尾巴跳上我家窗台，霸道地将阿扬赶走——这一点和小灰真是如出一辙。

我从屋里看着准备晒太阳的暹罗猫，除了感叹它与生俱来的优雅气质，一时兴起，还想看看所谓的"顶酱"是否名副其实。

顶酱瞪着蓝眼睛，看着我手中的西红柿，疑惑地歪了歪脑袋，继而恍然大悟似的坐正，俨然一副"来吧，看看我的真本事"的架势。顶酱的头盖较阿扬和它的两个女儿都要平坦一些，我顺利地把西红柿放到了它的脑袋上。可是才一秒钟，顶酱突然趴下，幸好我眼疾手快，才没让西红柿掉下窗台。

妻说，它应该是想找个舒适的姿势。

妻不愧是爱猫爱到骨子里的人。顶酱调整好趴姿，妻先放了一个大的西红柿，顶酱毫无压力顶住了；妻又把一个较小的西红柿叠上，顶酱依然岿然不动，完全没了平日的调皮。

就在这时，索玛不知从哪儿蹿出来，西红柿滚到了地上。索玛捕猎的本能瞬间被激发，"嗖"地追上去，用前爪扣住，拨弄了一番，再用脑袋顶了顶，直到把西红柿顶到墙角。

顶酱冷酷地看着索玛，好像在说："喂，老兄，别白费劲儿了！"

自此，我对"顶酱"这个名字再无怀疑，虽然我仍然觉得暹罗猫这样的贵族演杂技很不可思议。不过想想古往今来许多高人都有怪癖，暹罗猫顶物似乎也没什么可大惊小怪的。

正在当值的猫站长 /

人类永远不知道，猫会在什么时候
突然出现。但是，请别担心，你的
那些小秘密，猫不感兴趣。

天生的偷窥者

说起来，似乎所有的猫都爱偷窥。它们天生就是间谍。灵巧柔软的身体、安静敏捷的动作、睿智机警的大脑，为它们从事间谍这一行业提供了得天独厚的便利条件。

不过，猫和狗不一样。狗偷窥是为了向主人讨赏，而猫偷窥纯粹只是天性。

听说有人曾花费巨资训练猫，试图使猫成为真正的间谍，为人类服务。不料，当被关了两年的猫接触到大自然时，完全不受训练师的控制。这项试验以失败告终。从这里也可以看出，猫不屑讨好人类。

猫以冷峻的目光注视着人类看得见或看不见的一切。人类的很多秘密，只有猫知道。

屋顶上、墙角下、门缝中、橱柜里、窗帘后、纸盒中、水槽里、床底下……但凡你能想到的地方，都有可能是猫的藏身之处。有些猫甚至会自己拉开百叶窗。

猫看似闲散悠哉，毫无戒心，但强烈的地域性和不安全感使它们不自觉地处于警觉状态。猫习惯于选择隐蔽而幽暗的地方藏身，一来不易被敌人发现，二来遇到危险时能利用环境与空间逃跑。就算在平和温馨的家里，猫也保持着这一本能。

猫虽然不动声色地充当着偷窥者的角色，但它对散播人类的秘密实在没有多少兴趣。那些我们小心翼翼地藏着掖着的秘密，在猫看来还不如一条鱼实在。

至于村上小说中的猫，既是主角，也是间谍。它们散布在村上世界的各个角落，与主人公心意相通。村上小说的每一个故事，都是在猫的注视下发生、发展的。

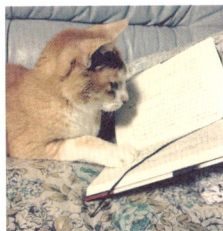

有书，有茶，有猫，足以度
过生命中所有的清晨、午后
与黑夜。

当猫遇上书

我们家的三只猫虽然都不会顶物，但有一个共同爱好，那就是看书。我对此感到很欣慰。

三只猫中，最好学的当然是阿扬，想来这和它的性格有关。它每天必去的地方之一就是我的书架，有时看累了，便趴在书上小憩，一打盹儿就是一下午。阿扬很喜欢看村上春树的书。它在村上的作品中寻找着自己与同伴的身影。

索玛喜欢看有插图的书，比如绘本、旅游指南、美食菜谱、写真集，等等。它看起图片来聚精会神，还时不时用鼻子嗅一嗅，尤其是看到女星的照片，眼珠都快掉出来。妻说，爱美之心，猫也是有的，和性别无关。不过我很好奇，它趴在这些书上睡觉的时候会梦到什么呢？应该不是鲸鱼的

阿扬在蹂躏本书的草稿 /

阴茎吧？

　　小灰骨子里是不爱看书的，但有时看到阿扬和索玛都在看书，也会跳上书桌凑个热闹。比起村上春树的书，它更喜欢和索玛一起看图片。每每看到那些叫人垂涎三尺的佳肴的图片，小灰和索玛就会开战，结果就是菜谱报废，妻很生气，也很无奈。好在小灰只是三天打鱼两天晒网，而只要它不捣乱，索玛很少会撕书、咬书。

　　顶酱和我们家的三只猫混熟了，三天两头背着主人跑过来，不是和阿扬抢地方就是和索玛抢玩具，但从不抢书。它偶尔也会跳到书架上去，扫几眼成排的书，觉得索然无味便知趣地回窗台睡觉去。

　　书和猫的组合是世上最惬意的风景之一。

　　看着趴在书上熟睡的猫，心中某个地方似乎开阔起来，一种安静祥和的情绪油然而生。村上春树的第一篇小说，便是在猫的陪伴下完成的。猫之于村上是挚友，之于村上小说，则是不可或缺的主人公之一。没有猫，村上小说将少一分灵动与趣味，而这世上也就会少许多脍炙人口的佳作。

　　这样想着，我忍不住将目光投向睡梦中的猫。

　　它们此刻是否已经跃入书里的故事中了呢？

有猫的日子，怎么样都不会觉得无聊。猫定然也是知晓自己之于人类的意义，才能如此自信与傲娇吧？

围着暖炉的猫

一下雨，三个小家伙就不能去院子里玩耍了。

小灰还好，反正它素来安静。索玛就有些郁闷了，前腿撑着身子趴在窗上，蔫蔫儿地望着外边洁净的世界。

屋里有些湿冷。小灰早早就在暖炉前占了位子，顾自蜷成一团睡得香甜。阿扬和索玛扒了一会儿窗户，最后"认命"地跑过去取暖。可过不了多久，索玛体内剩余的精力便开始"作祟"。它先是扑阿扬蓬松的尾巴，如果阿扬不陪它玩，它就发动攻势抢地盘。这种游戏，小灰很少参与，就算被妈妈和姐姐吵醒了，它也只是迷蒙地看上一眼，扭过头继续睡。

如果索玛抢不到满意的位置，就会跑到我身旁的椅子上睡觉。我抚摸着它的身体，感受着熟悉的温热。

围着暖炉的猫 /

和 / 围着暖炉和猫的人 /

都是幸福的 /

三只猫、一个暖炉、一杯水、一本书，时光在淅沥的雨声中慢下来。

忽而想起《源氏物语》中的一句话：烦闷之时，看着猫便也能开心起来。

还是关于柏木和三公主的故事。柏木见不到三公主，便将身边的猫当作爱人的替身，以解相思。柏木与猫几乎形影不离，白天相伴，夜里同眠，他把对三公主的爱意完全转移到了猫身上。

猫的魅力与魔力，从这里也可以看出。

不过，如果你以为猫甘于当替身，那就大错特错了。在宫本辉的小说《避暑地的猫》中，女主人爱猫胜过爱丈夫，以致别人嘲笑她的丈夫"还不如一只猫"。在这里，猫不是爱人的替身，它已经成功取代了爱人的位置。柯莱特的《La Chatte》里也有类似的情节——丈夫对猫极度宠爱，引起了新婚妻子的嫉妒。

雨还在不紧不慢地下着，三只猫也都安静地躺着。暖炉的气息和着猫的呼吸，交织出一种别样的宁谧。

每当独自与猫相处，我都担心自己会不会也像小说中的主人公一样被迷惑。

宫本辉：日本著名作家，代表作为《泥河》《萤川》等。

茜多妮·柯莱特：法国20世纪上半叶杰出的女作家。代表作有《流浪女伶》。

很多事情，开始得马马虎虎，越往后却越有趣，于是也不得不认真起来，反而忘了计较最初的马马虎虎。

村上猫之名

风和日丽，妻抱着小灰在廊下絮语。我翻着书，正好看到村上春树的《猫之死》一文。其实在多年前，我就已读过此文，如今再读，感触最深的竟是"猫养多了，就懒得一一考虑名字，大多马马虎虎"这句话。

我哑然失笑。我们家的猫都是妻给取的名，除了小灰是根据皮毛的颜色而得名，阿扬和索玛都是妻随口取的，"马马虎虎"的程度比起村上是有过之而无不及。

我玩味着村上春树给猫起的名字，颇觉有趣。

麒麟。这是村上春树从村上龙那里抱来的阿比西尼亚猫，精力旺盛，身强体壮，能吃能喝，性格也爽快，客人们都啧啧称赞。麒麟最喜欢玻璃纸揉团时的"沙啦沙啦"声，每有人捏空烟盒，便会像脱兔一样跳过来，从垃圾篓里拽出烟盒，独自玩上十五六分钟。

妙子。暹罗猫，名字是村上根据少女漫画《玻璃城》的主人公取的。妙子的性格比较复杂，喂饭时不会马上动嘴，只是做出"哼，原来是饭"的神情走到一边去舔自己的尾巴，等饭凉了才凑过来吃。寒冷季节，妙子钻被窝必定三进三出，折腾十到十五分钟以后，才会安稳地睡觉。"猫自己费事且不说，作为我在昏昏欲睡时给猫这么出来进去的，也相当来气。世上有所谓'三顾之礼'，但猫这么深更半夜如此折腾的必然性理应毫不存在。"——真是又好气又无奈！

彼得。一只褐色的虎纹猫，两腮毛茸茸的，活像连鬓胡。它是村上在学生时代捡的，开始没有名字，后来有一档深夜广播节目，一位读者来信说："我养了一只名叫彼得的猫，不知跑去哪里了，现在寂寞得很。"村上听了，心想：那好，这只猫就叫彼得吧！——还真是"马马虎虎"就起了名。

缎通。说起来，最不得不提的应该是这只猫。名字是村上的父亲起的，比起村上取的那些名字，不那么"马马虎虎"了。

缎通是一只成熟而聪明的猫，皮毛绵密松软，花色交杂美丽，而且很有个性，就算桌上放了鱼，就算饿得发慌，只要那鱼不是放在自己专用的盘子里，它是绝对不会吃的。缎通曾经两次步行一个多小时回到以前的家里去。没人知道它是怎么记得路的，因为当初它是被装进箱子里、放在脚踏车上带回村上家里的，可见缎通确实是只聪明的猫。

还有几只名字"马马虎虎"的猫：布齐和桑达思——根据《向明天开火》而得名；小虎纹——虎纹猫；苏格兰——苏格兰猫；黑毛——黑毛猫；三毛——三毛猫；跳跳——村上没有说，大概是这只猫特别喜欢跳跃吧。

很多美好的事物，乍看时并不惊艳，回想时才觉得趣味无穷。村上的笔下处处藏着惊喜，看似不经意，却又妙得很。

我的名字叫咪咪

村上小说中的每一只猫也都特立独行，我真想给所有的猫都来一个特写——也不是没有可能，但现在先挑选几只具有代表性的吧。

首先是咪咪，《海边的卡夫卡》中的重要角色，一只魅力十足的暹罗猫，因普契尼的歌剧《艺术家的生涯》中的"我的名字叫咪咪"这句台词而得名——还是有点儿"马马虎虎"的感觉。

咪咪是雌性，已近中年，自我炫耀似的把笔直的尾巴翘在身后，相貌端庄，身上没有半两赘肉。它潇洒地举起前腿，细细看着粉红色肉球咪咪笑——一个妖媚的女人，不，一只妖媚的猫。

这样一只美艳可爱的暹罗猫，不禁使人想带它回家。咪咪曾狠狠教训过一只叫川村的"脑子不太灵光的猫"。

"不一开始就狠狠收拾一顿就不能老实。"咪咪说，于是好色的川村一直处于被"狠狠收拾"的状态中——咪咪疾言厉色地盘问一些事情，川村则战战兢兢地回答，稍有迟疑，咪咪便毫不手软地一巴掌扇过去，既有气势又有教养。咪咪雷厉风行，大有巾帼英雄的风范。

当然，这里的川村也是一只很有特点的猫。对了，大冢也很好玩，它打个险些脱落下巴的大哈欠，或者舔几下手上的肉球，很是俏皮可爱。

《寻羊冒险记》中的沙丁鱼——一只爱放屁的大龄猫，起初没有名字。当主人公踏上去北海道的寻羊之旅时，要将这只猫寄养到黑衣秘书那里，在车上和司机攀谈时，给猫取了"沙丁鱼"这个名字。如果为村上小说中猫的著名情节排个序，这个情节绝对榜上有名。

"其实猫绝不可爱。"——接着，村上对这只"绝不可爱"的猫进行了描写：

毛像磨损的地毯一样沙沙拉拉，尾巴尖弯成 60 度角，牙齿发黄，右眼三年前受伤仍不住流脓，如今几乎已开始丧失视力，能否认清是运动鞋还是马铃薯都是疑问。脚掌如同干硬干硬的水疱，耳朵宿命般地附有耳虱，由于年纪的关系每天要放 20 个屁。……

"乖乖！"司机向猫说道，但毕竟没有伸手，"叫什么名字呢？"

"没有名字。"

出租车司机说："沙丁鱼怎么样？因为在这之前，它等于是被当作沙

丁鱼来对待的。"从此，这只"绝不可爱"的大龄猫有了一个非常可爱的名字。猫怯怯地咬司机的大拇指，继而放了个屁。

《奇鸟行状录》中的青箭原名叫绵谷升——就是那个夺走妻的坏人的名字。青箭走失了，主人怎么也找不到，没想到过了些时候，居然自己回来了，主人认为"有必要给这只猫取个新名字"。从此，世上便多了一只叫"青箭"的猫。

细心的读者或许已经发现，在村上春树的小说中，无论是优雅的咪咪，还是笨猫川村，抑或大冢和青箭，都完美地融合了猫和人的行为，时而是人，时而是猫。

街角
故事

在你没有注意的角落 /

也许 / 正在发生一些 /

不同寻常的故事 /

chapter

05

我是牺牲者

也是刽子手

我曾经在海边看到一只耳朵几乎被啃咬光的巨大的黑猫。说实话，它已经不像一只猫了，而像一只生活在淤泥中，来海边寻找食物的不吉利的有脚鱼。

——《遥远的太鼓》

任何人一生当中都在寻找一个宝贵的东西，但能够找到的人并不多。即使幸运地找到了，实际上找到的东西在很多时候也已受到致命的损毁。尽管如此，我们仍然继续寻找不止。（村上语）

自惩者的疯狂

吃过早饭，妻出去买东西。我百无聊赖，一个人整理着书架。离上次亲自整理已经两个多月了。平时都是妻整理的。

一边整理一边翻看。

有些书中夹着猫毛。大多都是阿扬的。

随手翻开三岛由纪夫的书，正好是《午后曳航》。

爱猫的作家，大抵都不可避免地写过虐猫的故事。村上春树写过，埃德加·爱伦·坡写过，三岛由纪夫也写过。虽然写作风格不尽相同，血淋淋的残酷感却如出一辙。

《午后曳航》就详细地记录了少年处死一只猫的过程。

阿登抓住猫的脖子，站起身。猫没有做声，温顺地低垂四肢。

阿登尽可能地高举着猫，再尽全力往木头上扔去，手指上还残留着猫的皮毛的温柔触感，而那个温热柔软的身体，却已凌空飞去。

"没死，再来一次。"头儿说。

五个少年赤裸着上半身，站在昏暗的储藏室中，目光炯炯地望着阿登。阿登再度抓起猫时，猫已不再是猫。一股强大的力量充斥他的指尖，一道明快的力之轨迹呈现在他面前，他只需对着木头投掷即可。那感觉令他觉得自己十分强大。

第二次投掷时，猫只发出一声短促而重浊的低鸣。

阿登走过去，如探勘一口深井般，想象猫的尸体已陷入死亡之渊。他的脸慢慢靠近，勇敢而冷静，并带着几分亲切。猫已不能动弹，暗红的血从口、鼻流出，舌头一阵痉挛后，便贴在上颌静止了。

"大家都过来，该我了。"不知道什么时候，老大已经戴上手套，拿着把发亮的剪刀，俯身望着猫尸。

读到此处，我已经感到有些窒息，忍不住去看正在享用早餐的三只猫。

阿扬抬头看看我，一双绿色的眼睛突然流露出淡淡的哀悯。我一惊，恍若看到了书中那只小猫——又好像是少年阿登。

回神再看阿扬，它正低头吃食。

我竟有些不确定起来了。

也许刚才阿扬根本没有看我；又或者它即便真的看了我，眼神也与平常一样吧。

写猫的文字，异常具有魅惑力。

老大一手抓着脖子，剪刀刀尖从胸口戳入，直往上剪到喉咙部位，再用手将皮毛向左右掀开，如同剥笋一般。皮一掀，立刻露出白嫩的内部。小猫躺在那儿，优雅的头颅挂在剥光的臂膀上，仿佛戴着一副猫的面具。

猫的内部逐渐袒露出来，半透明，像珠母般美丽，一点儿也不觉恶心。肋骨在肌肉下隐约可见，透过大网膜可以看见小肠缓缓蠕动，令人感觉那儿就像个家。

"如何？是不是太裸露了？这么裸露，有点儿不对劲，似乎太没有礼貌了。"

老大的这句台词，和之后将要提到的村上春树的《海边的卡夫卡》中琼尼·沃克这个恶魔般的"有名的杀猫人"的台词，竟然惊人的相似！

进行到现在，几乎都没有流出血来。老大用剪刀剪开一层薄皮，一颗老大而暗红的肝脏就显露出来。接着，他又抽出洁白的小肠，一股热气立刻随着手套升起。他把小肠剪成一段段，从里头拧出柠檬色的汁液。

"感觉上好像在剪法兰绒。"

这过于真实的笔触，已经达到了疯狂的极致。让人忍不住连呼吸都被牵引走，精神也被一点点诱向疯狂。到底是人在杀猫，还是猫在杀人，谁又分得清楚！

猫派波德莱尔写过一首名为"自惩者"的诗。正如诗中所说，三岛"是伤口又是刀"、"是牺牲者，又是刽子手"。

他最终将刺向猫的刀刃刺向了自己，他那"优雅的头颅"在市谷自卫队驻地监察室的床上滚动着。

那颗头颅也带着面具吗？只为骗过这世界？

不知道三岛为了描写这样的场景，是否真的杀过猫。也许，他曾一手拿剪刀，一手拿笔，把猫的小肠抽出来，挤出柠檬色的汁液，然后在本子上记下这血淋淋的细节。

这种身临其境的疯狂的真实感，比村上小说中的杀猫情节更加残酷。

关于语言的起源有
许多学说，而我宁
愿相信，语言是神
赐的特殊能力。否
则，不同种族的生
命，如何能够相知
相惜、相依相伴？

说猫语的人和说人语的猫

偶尔写字到深夜。索玛几乎每天都和妻睡，阿扬则常常不知所踪，所以陪伴我的往往只有小灰。倒也不寂寞。

偶尔的偶尔，困意来袭，朦胧中确乎听见有人说"快睡觉吧"，猛然清醒，只有静静熟睡的小灰。于是起身蹑手蹑脚地摸进卧室去。白天和妻说起夜里的事，妻说："你真该和村上君一样把猫推醒，然后认真地说：'喂，你刚才说了句人话。'看看小灰是什么反应。"

我恍然。

"当然，也有可能小灰说的是猫语，你能听懂猫语，自己没察觉，以为是猫说了人语。"

只是调侃，却使我饶有兴致地翻出村上春树的《海边的卡夫卡》来。要说人猫同语，这个小说可是典型。

在这个小说中，有一个年过六旬的老人，名叫中田，以找猫为生。他和大英雄田村卡夫卡是相对应出现的，但比少年卡夫卡要有魅力得多。他那种傻乎乎的感觉让人很舒服。

他的开场白很引人入胜：

"你好！"已进入老年的男子招呼道。

猫略略抬起脸，很吃力地低声回应寒暄。是一只很大的老年黑猫。

和中田一起去四国旅行的星野也是个很好的青年。中田和星野愉快的旅行，是这个小说的亮点之一。在故事的最后，星野看到一只胖墩墩的大黑猫蹲在阳台的扶手上往房里窥看，于是打开窗，姑且拿猫打发时间——

"喂，猫君，今天天气真是好啊！"

"是啊，星野小子。"猫回应道。

"乱套了！"星野摇了摇头。

村上没有交代，和星野说话的这只黑猫是否就是和田中寒暄的那只黑猫。

故事开头和结尾都出现了黑猫，首尾呼应，反而营造了一种神秘之感。

　　猫和中田、星野一样，都是《海边的卡夫卡》中不可缺少的角色。

　　中田用猫语和猫交流，而在故事的最后一幕，猫用人语和人交流——无论是猫见到会说猫语的人，还是人见到会说人语的猫，两者都没有感到吃惊。

　　人和猫都自然地"接受"使用同一种语言的奇特现象。如果借用村上的说法，就是"咽"下了这种现象。

　　村上小说中的主人公们——当然也包括村上君自己，正在一点一点猫化。

　　我是不是也有猫化的倾向？

> 每个人都是刽子手，或扼杀美好的情感，或损毁可爱的物件，或打碎温柔的时光。这真是件无可奈何的事，连最良善的人都得不例外。

刽子手名单

就在昨天早上，一位朋友打电话给妻，说她的爱猫不知被哪个调皮捣蛋的小孩剪掉了半只耳朵。

那是一只非常美丽的泰国暹罗猫，我和妻都难以相信，有人会对这么可爱的生灵下手。但，确实就有如此残忍的人。

这个世界，到处都隐藏着刽子手。就算敏锐如猫，也有陷入罗网的时候。关于这一点，咪咪——《海边的卡夫卡》中的贵妇般华美的暹罗猫做了十分贴切的说明。

猫的一生并不那么充满田园牧歌情调。猫是身心俱弱、不足为道的动物，没有龟那样的硬壳，没有鸟那样的翅膀，不能像鼹鼠那样钻进土里，不能像蜥蜴那样变色。不知有多少猫每天受尽摧残、丢掉性命。这点人世诸位并不晓得……

这是村上春树借猫之口也好，或是猫借村上春树之笔也罢，总之，咪咪要表达的是，这个世界到处都是危险。

当然，村上世界不都是由"身心俱弱、不足为道的动物"构成的。在他的世界里，一切都具有两面性，猫、"我"——乃至村上自己。

《海边的卡夫卡》讲的就是猫受难的故事。中田要找一只走失的笨猫胡麻，便向咪咪打听，咪咪给他带来的消息足以使所有的猫震惊。

"那人以好吃的东西为诱饵来逮猫，塞到一个大口袋里。逮法非常巧妙，肚子饿瘪而涉世未深的猫很容易中圈套。就连这一带警惕性高的野猫也有几只被逮去了。惨无人道。对猫来说，再没有比装到袋子里更难受的了。"

"把猫君逮去准备用来干什么呢？"

"……也有变态之人存心虐待猫，比如逮住猫用剪刀把尾巴剪掉。"

"这——"中田说，"剪掉尾巴又要怎么样呢？"

"怎么样也不怎么样，只是想折腾猫欺负猫罢了，这样可以使心情陶陶然欣欣然。这种心态扭曲之人世界上居然真有。"

在这些令善良的人和猫难以理解的故事背后，有一个撒谎说"主要进行心理方面实验"，但却杀死大小 36 只猫的刽子手——"对了，也有人用很多猫来做科学试验。世上存在各种各样用猫做的科学试验。我的朋友之中也有曾在东京大学被用于心理学试验的。那东西可不是开玩笑，不过说来话长……"

咪咪口中那个"被用于心理学实验的朋友"，就是被《且听风吟》中的"我"抓走的呀！"说来话长"大概是指《且听风吟》中的"我"杀猫的过程比较复杂吧？

在刽子手的名单上，除了那个抓猫的人，也包括《黑猫》中身患忧郁症的"我"，以及三岛的《午后曳航》中做梦的少年。不知道村上春树自己是否也在这个名单中？

死并不是终结生的决定性要素。在那里，死只不过是构成生的许多要素之一。（村上语）

死亡的块体

我有点儿担心阿扬，它从早上出去就没有回来。

我担心它会遇到咪咪说的那个抓猫的人。我应该早点儿告诉三只猫，把猫放进口袋里抓走的人有以下特征——高个子，戴一顶不伦不类的高筒帽，脚蹬长筒皮靴。

那个男的很危险，极其危险。如果遇到他，千万要躲得远远的。

那个男人就是后来说他自己"像 Ikon 一般有名"的 Johnnie Walker——琼尼·沃克。

为什么在村上的小说中，一定要将和中田作对的恶势力的代表设定为琼尼·沃克呢？想来想去，这个抓猫

Ikon：德语，东腊正教圣像。

Johnnie Walker：一种苏格兰威士忌的商品名。

的人，完全可以不是琼尼·沃克，任何一个"像 IKon 一般有名"的广为人知的存在都可以。

这个男人问中田"我的名字晓得吧"，而中田回答"不晓得"时，男人有点儿失望。

琼尼·沃克想尽了办法，甚至给中田展示走路的方式，以期待自己能够被中田记起。对名气的执着，反而使人觉得他取悦别人的可爱。——在村上小说中，恶的势力可以同其他事物——甚至可以和主人公或者和善的势力交换。

正如《奇鸟行状录》中的加纳马耳他所说的那样：

这个世界是暴力性的、混乱的世界。其内侧有的地方就更有暴力性更加混乱。

村上小说中的恶或暴力，像旋涡状的迷宫一样错综复杂。在恶之中还有极恶，暴力之中还有更暴力。而善恶之间也不是单纯的对立关系。善有时会变成恶，恶有时又会屈服于善。

同样是在《奇鸟行状录》中，冈田亨为了寻找小猫绵谷升，走进一片空地，听到谜一般的美少女笠原 May 的一番话。（"绵谷升"这个名字就是取自小说中的恶势力代表。）

人死是很妙的吧？

我很想用手术刀切开看看。不是死尸，是死亡那样的块体。那东西应该在什么地方，我觉得像软式棒球一样钝钝的、软软的，神经是麻痹的。我很想把它从死去的人身上取出切开看个究竟。……那里头会不会有什么变得硬邦邦的？……最后变成一个小硬芯，像滚珠轴承的滚珠一样小，可硬着呢！你不这样觉得？

在村上小说中，恶或暴力达到极致，就像撞到这种"像软式棒球一样的"、"硬邦邦的""小硬芯"，那里——善恶的彼岸——处于无知无觉的状态，是"钝钝的"、"麻痹的"。

恶人的代表杀猫人琼尼·沃克，在残忍地杀猫后，又教唆中田杀掉自己："怀抱偏见，果断出手，速战速决！"

而在《海边的卡夫卡》结尾，黑猫土罗——猫肯定都是善的——也向星野建议："以横扫一切的偏见斩草除根。"

恶人和善人说着同样的话。

善恶反转，硬邦邦的"死亡的块体"才得以显现。

炽烈的感情大抵都相
同，但凡到达极致，便
如同滚烫的水，送者伤
手，收者伤心。

人非人，猫非猫

在这个充满恶和暴力的世界，我祈祷所有的猫都能平平安安过完一生。
但显然，在村上春树的世界，我的祈祷像是痴人说梦。

在找猫能手中田面前出现了一只狗。

这只狗无论怎么看，都和猫势不两立。

狗把中田带到了一处住宅。在房间里，中田遇到了头戴黑色丝织帽的
高个头男子，不用说这就是琼尼·沃克。中田还看到了冰箱里排列着的猫
的脑袋。

是猫的脑袋。好些个颜色大小各不相同的猫脑袋被切割下来，像水果店的橙

子那样分三层陈列在冰箱的隔架上，都已冻僵，脸直盯盯地对着这边。

这么多猫的脑袋排列在一起，即使不是死猫的脑袋，也怪瘆人的。这大概也是笠原 May 提到的硬邦邦的"死亡的块体"吧。

琼尼·沃克不仅给中田看了冰箱里排列的猫脑袋，还展示了吃猫心脏的过程。

他一边用口哨吹着《白雪公主》中的小矮人们唱的《哈伊嗬》，一边把手伸进猫腹，用小手术刀灵巧地剜下一只猫的心脏。很小的心脏，看上去还在跳动。他把血淋淋的小心脏递到中田眼前："喏，心脏！还在动。瞧一眼！"

琼尼·沃克是一个有着亲切外表的至恶化身，而观看他杀猫的，必须是一个至善之人。

如果是卡夫卡看到这样罪大恶极的场面，恐怕会冷酷地面对，而不会像中田一样愤怒。因为卡夫卡并非纯粹的善良之人，他和琼尼·沃克一样，内心隐藏着恶。

他一鼓一鼓地蠕动两腮，一声不响地慢慢品味，细细咀嚼，眼中浮现出纯粹的心满意足的神色，就像吃到刚出炉的糕点的小孩一样。然后，他用手背擦去嘴角沾的血糊，伸出舌尖仔细舔拭嘴唇。

琼尼·沃克就这样杀掉了一只中田不认识的猫。但这只是开场，重头戏还在后面。中田认识的那些猫开始登场了。

是川村君！川村用那眼睛定定地看中田，中田也看那眼睛。

那只被咪咪狠狠收拾过的色猫！

琼尼·沃克在中田面前毫不踌躇地划开了川村的肚皮。听到川村的悲鸣，中田双手抱头，簌簌发抖。琼尼·沃克还炫耀般吃起了川村的心脏——但这只是为渲染恐怖的高潮做铺垫。

琼尼·沃克——和作者村上春树一样——渐渐提高恐怖的程度，企图麻木读者的心。

"下一个是暹罗猫。"

琼尼·沃克像是看穿了读者的心思，从皮包里抓住一只瘫软的暹罗猫。

"'我的名字叫咪咪'，对吧？普契尼的歌剧。这只猫的确有那么一种卖弄风情而又不失优雅的气质。……逮这咪咪可是累得我好苦啊。动作敏捷，疑心重重，头脑机灵，轻易不肯上钩，真可谓难中之难。……不管怎么说，我顶喜欢暹罗猫。你怕是有所不知，提起暹罗猫的心脏，那可是极品，口感别具风味，堪比西洋黑松露。"

接下来的这句话，像剑一样刺穿了中田的内心——"唔唔，颤抖得够厉害的嘛！"说着他吃起了咪咪颤抖着的心脏。

这时，中田代替读者说了一段话——不仅是《海边的卡夫卡》，也不仅是村上的所有小说，而是对一切有猫的角落进行了概括。

"再继续下去，我中田就要疯了。我觉得我中田好像不是中田了。"

人不再是人——这种灵魂飘然出窍的状态，不正是对猫这种动物最好的阐释吗？

猫也不再是猫，是披着猫皮的恶魔。

村上小说就是如此，在某种感情发挥到极致的时候，人和猫都不再是原来的样子。

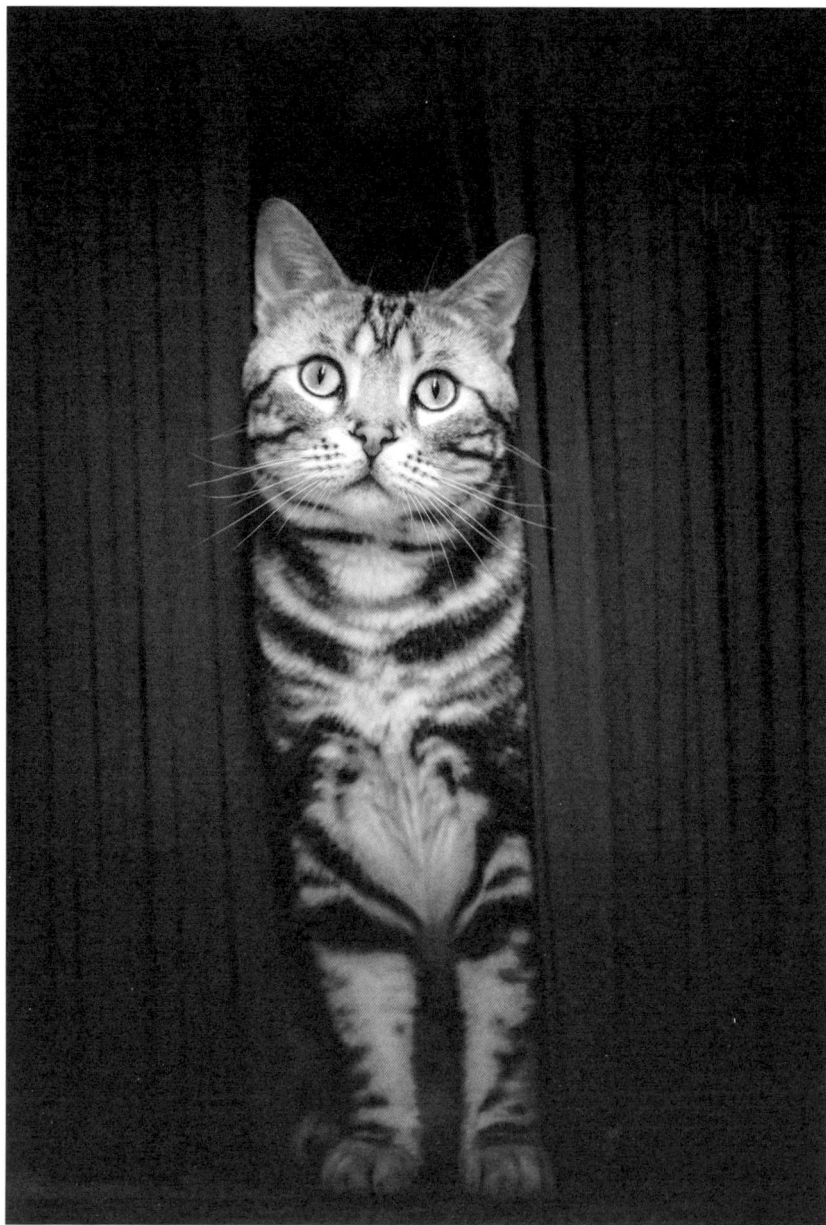

酷猫 摄影

爱你 / 闹腾的样子 /

也爱你 / 耍酷的表情 /

刘小闹 / 妈妈 dfox / 图

chapter

06

静静地消逝

　　记忆中仅残存着为数众多的猫和女友（这个数量倒不是很多）的片段，时间静静地、永不止息地消逝了。

——《寻找旋涡猫的方法》

纵使是猫这样特立独行的生物，离开熟悉的环境，也还是会惶恐不安的吧？

从猫不见了说起

阿扬喜欢到处去晃荡，面部肌肉发达，不仅学会了笑，还学会了讨好人类的技巧，越来越可爱。

但是，猫的周围充斥着太多不安定因素，经常到外面玩耍的猫，遭遇危险或者丢失的可能性很大。所以每次阿扬安全地回 z 来，我都万分感激。

老天保佑！

夜里，我对着电脑敲键盘，阿扬就在我身后睡得香，一种温馨与安详弥漫满屋。

（上文中"回"和"来"之间多了一个字母"z"，这肯定是刚才阿扬从我的键盘上走过时搞的鬼！）

阿扬喜欢钻进狭窄闭塞的地方，摆出危险的姿势睡觉，我和妻都很难理解，它为什么不摆个稳当的姿势呢？可见，猫骨子里的危险倾向果真是难以捉摸的。

不出家门的猫，表情会变得匮乏。

小灰就是这样，除非上厕所，否则是大门不出二门不迈的，就像养在深闺的女子，总带着不为人知的忧愁。不过我要替小灰解释一下，它不出门其实是有原因的。

有一次我们全家要去国外旅行三个星期，考虑了很久，觉得把三只猫放在宠物医院太可怜（以前把它们放在宠物医院十天，回来时只剩皮包骨），所以决定送到八王子市的姐姐家。但寄养猫的房间有天窗，三只猫从那儿逃走了。于是姐姐把诱饵放到笼子里，轻松引诱了阿扬和小灰，可是索玛却不知去向。

备受我儿子溺爱的索玛不见了，这对姐姐和姐夫来说可是一件大事。于是他们想起以小灰为诱饵，说不定能把索玛带回来。

小灰被"流放"了。

计划大获成功——至于究竟是不是小灰的功劳，恐怕已无从考证，总之最后索玛回来了，而小灰却不见了。姐姐一家找了两天，放弃了。

小灰确实不是一只讨人喜欢的猫。

　　妻为了找回小灰，去了八王子市，每天早出晚归，在姐姐家附近寻找十个小时，边走边喊"小灰，小灰"。

　　功夫不负有心人。有一天，小灰突然从一户人家的庭院里蹿出来，悲鸣着跳到妻的背上。

　　整整两个星期，小灰在这片陌生的土地上担惊受怕，翘首等待妻的身影。它叫得很悲伤，一定是经历到了我们无法想象的苦难。

　　"八王子事件"在小灰心中投下了阴影，从此，它变成了一只不愿外出的猫，而且，越来越宅，最终修炼成了我们家——乃至周围最宅的猫。

　　仔细想来，倒也不坏。无论是夏日的午后，还是寒冬的深夜，总还有那么一只猫，始终不厌倦地陪着我，如同彼得陪伴着村上。

　　小灰鄙夷地看了我一眼，好像在说："自作多情！"

　　就当是我自作多情了吧，总之有猫相伴的时光，怎么样都不算坏，是吧？

　　写下这些的时候，窗边响起了"吱"的抓挠声，是索玛回来了。不久前的刚才它还和阿扬在一起看书，也不知是几时出去的。

猫在何时消失都不足为奇。

它们的存在感如此稀薄，犹如悄无声息的影子，而这也更衬出其可贵。若非因为那似有似无的存在感，人类大抵是不会这么重视疼惜猫的。

人类习惯于追逐消失的东西。

无法完全拥有的，总是好的。

而猫逃跑的姿态，更能吸引我们的注意力。

猫的轨迹是不规则的散点图，再
精密的仪器，都无法计算出下一
次它会在哪里出现。

点状存在的猫

索玛又不知钻到哪里去了。

脑海中突然蹦出一个词：点状。

很适合猫。

它们总是突然出现，又突然消失；被人突然忘记，又突然记起——毫
无连贯性，也毫无规律。

我曾刻意关注猫的动态——几点出去的？几点回来的？这中间有什么
变化？

但失败是可以预见的。

几乎就在倒茶的一瞬间，索玛就不见了，找遍整个屋子都没有它的踪
影；正当确定它出去了，一个转身，却见它坐在垫子上耐心地梳理皮毛——

完全不像从外面回来。

也许它一直都在，只是……只是什么呢？我也不确定了。

身为作家的村上春树，一定也着迷于猫随时会消失这一点。

在他的小说中，无论是主人公还是猫，总是无端消失，这造成了村上春树断断续续的叙事风格。

长篇小说《奇鸟行状录》从猫不见了写起。

妻久美子给失业中的"我"打电话。

聊天中，她像是突然想起什么一样——村上小说中，许多重要的话题都是被"偶然"提起的。这种"偶然"的感觉，一端连着猫，一端连着村上。

"对了，猫可回来了？"
妻久美子突然问道。
我这才意识到自己从早上到现在全未想起猫来。
"哪有，还没。"
"去附近找找好吗？都不见一个多星期了。"
我含糊应着，把听筒又换回左手。
"我想可能在巷子里那座空院子里，就是有石雕鸟的那个院子。我在那里见过几次。"
"巷子？"我问，"你什么时候去的巷子？这事你一次都没……"
"不好意思，我得挂了，手头还有工作。猫的事拜托了。"

这是典型的村上式的画面。

再普通不过的日常生活。但这种平安稳妥的生活，似乎隐藏着某种危险因素。一种预兆，或者说，为某种事件的发生留有空间。

安稳中隐藏着危险——和猫身上所带有的那种危险感不谋而合。

村上总是能将怠惰和紧张完美结合，读他的作品，有时就像在读侦探小说。

不仅仅是猫，村上的世界，很多东西都在消失。

好长时间没得到加纳马耳他的消息了。她也好像从我的世界里利利索索地消失了。我觉得人们正一个接一个从我所属的世界的边缘跌落下去。大家都朝那边径直走去、走去，倏然消失不见，大概那边什么地方有类似世界边缘什么的吧。

《奇鸟行状录》中，猫消失了，妻久美子离家出走了，加纳马耳他也不见了。

如果按时间顺序来解读这个故事，就会发现，首先是猫消失，然后才是妻和加纳马耳他消失。——从读这个故事开始，我就一直有这种预感。

村上在故事开头叙述了猫消失后妻的状态，似乎只在屏息等待妻消失的那一瞬间。

很多时候，惆怅流泪并
不是为逝去者，而是为
被留下的自己。

冷冰冰的另一种时间

睡眠中的猫，注意力处于发散状态，精神放松，迷迷糊糊。但一有风吹草动，它们就会迅速做出反应，阿扬和索玛自不用说，就连看起来对周围毫不上心的小灰也是如此。

每次地震之前，小灰都会变得特别胆小，钻进妻的怀里不肯出来；阿扬和索玛则会变得很烦躁，且常常跑到较高的地方叫个不停。日本多地震，但一般的地震是不会有危险的，然而对猫而言，哪怕一丁点儿的异常，都足以使它们因恐惧而提高警惕。

"猫是身心俱弱、不足为道的动物……不知有多少猫每日受尽摧残、丢掉性命。"——咪咪说的每一句话——事实上是村上君说的——都与现实十分贴合。

猫的敏锐，或许正是得益于它们周围的危险。

猫的胡须不仅是优雅的装饰，也是一种特殊的"天线"。这种"天线"看似松散，却可以感知人无法感知的东西。

人类利用高度发达的文明探测地质、天象、水流的变动，而猫只凭自身的能力，就像女巫一样，拥有超越人类的预见力。这种超凡的预见力，反过来又迫使它们在精神放松的状态下仍能保持相当的警惕。

回到村上的小说《奇鸟行状录》。

主人公冈田亨看上去总是心不在焉，优哉游哉。但他和熟睡中的猫一样，周围隐藏着一种精神放松状态下的被动的紧迫感，只是他自己毫无觉察。妻就是从他这种松散的意识中逃走的。

村上小说中的紧迫感，从来不是从人的意识中产生的，而是从"随时会消失"这种事态本身产生的；不是来自主观，而是来自客观。就连妻失踪这个情节逐渐成为故事的中心，也只是偶然发生。

值得一提的是，作者始终有意描写这种随时会消失的状态，无论是猫，还是人。

我想起在短篇小说《象的消失》，主人公目睹了动物园中的大象逐渐变小乃至消失的过程。

那光景甚是不可思议。从通风口密切注视里面的时间里，我觉得象舍之中仿佛流动着象舍才有的冷冰冰的另一种时间，并且象和饲养员似乎乐意委身于将彼此卷入——至少已卷入一部分——其中的新生体系。

无论是大象、猫，还是妻，消失的那一瞬间，谁也无法目睹。

冈田亨对于消失，总是后知后觉，所以只能追随消失的脚步。这种知觉上的滞后性，就是村上所谓的"冷冰冰的另一种时间"。

猫最擅长玩失踪，是一种"冷冰冰"的存在。

离家出走的女人留下的是"冷冰冰"的感觉。

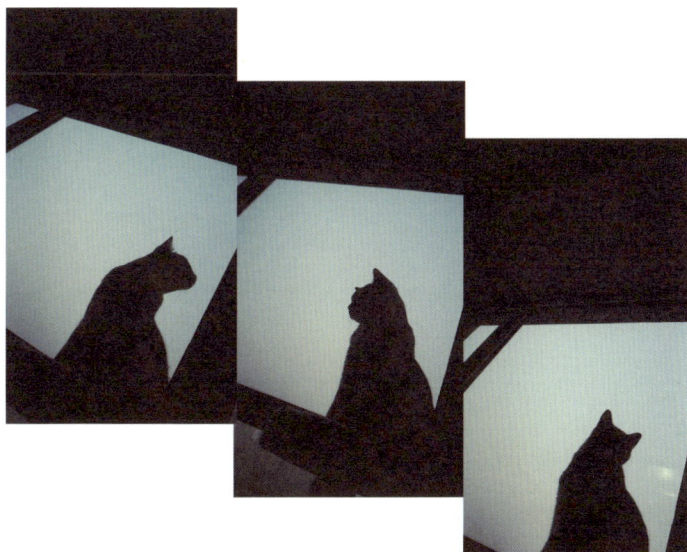

村上春树创造了一种人，他们拥有人的形体和猫的思维，时而为人，时而为猫，在异次元世界自在地活。

猫族人和异次元世界

在村上小说中，主人公的意识和猫的意识完全相通。主人公像猫一样生活，像猫一样思维，像猫一样散漫、透明、心不在焉……

村上小说的世界，是由一个又一个碎片拼接起来的、支离破碎的世界。

夏日接近尾声，九月的一个下午，我没去上班，躺在床上一边摆弄她的头发，一边一个劲儿想鲸鱼的阴茎。

这是预告"寻羊冒险记"开始的重要情节。

这里的细微而意味深长的动作（就像猫抓捕鸟或者老鼠的动作），触碰到了村上春树小说中最重要的主题。

主人公没有去上班，躺在床上拨弄女友的头发，过着猫一般悠闲自得的日子。可是，他的注意力却没有固定在女友的头发上，或许连他自己也无法把握下一刻自己的注意力会飘向何处。

主人公以猫的思维方式来感知这个世界。

他的思维四处发散，想起了鲸的阴茎——幼时在水族馆看到的鲸的巨大的阴茎。

海面呈浓重的铅色，狂风拍打玻璃窗。天花板那么高旷，展厅除我别无人影。鲸的阴茎被从鲸鱼身上永远切割开来，已彻底失去作为鲸之阴茎的意义。

一边摆弄恋人的头发，一边思考鲸的阴茎，想起来多少有点儿毛骨悚然，但猫从不按常理出牌。

别试图用一般人类的思维脉络定义一只猫，以及——村上世界的主人公们。

我忍不住把视线投向阿扬，它从刚才起就一直团卧在我身后的简易小床上，一只脚挂在小床的横杠上，睡的正酣。透过它的小脑袋，我似乎能看到它脑海中浮现出鲸那巨大的阴茎。

索玛趴在阿扬旁边，身下是一本时尚杂志。不用说，它梦到的东西和阿扬一定不同。小灰不在屋里，我无法猜测它梦到了什么。但是我想，它的梦也一定很有趣。

我转过身，继续看书。

接着，我再次想起妻的筒裙，但我连她有没有筒裙都已无从记起。唯独筒裙搭在厨房餐椅那片虚幻的依稀的画面紧紧附在我的脑际。

这时女友像突然想起什么一样说道："对了，再过 10 分钟，会有个重要电话打来。"

"电话？"我的目光落在床头黑色电话机上。
"是的，电话铃要响的。"

鲸鱼的阴茎、妻的筒裙，然后是电话。

这些奇妙的东西，以奇妙的联想，构成了奇妙的村上世界。

这个情节也使我深刻地感受到，一种女巫般的——或者说猫一般的预见能力通过女友得到了体现。

在这里，电话是个很好的偶发性媒介，无论是《寻羊冒险记》还是《奇鸟行状录》，都是由一个电话引出的故事。主人公的意识本来徘徊于鲸的阴茎和妻的筒裙之间，却被这通电话引导，不知不觉走入了一个由偶然支配的世界。

村上的小说，是由"偶然"这种机制驱动的。

"羊，"她说，"很多羊和一只羊。"
然后电话响了。
"马上到这里来好吗？"公司的同事说。声音紧张得很。

主人公和女友是那种容易迷路的典型的"猫型人"，而这位同事则是个思路清晰的人。

"事情至关重要。"
"重要到什么程度？"
"来就知道了。"
于是我说了一句本不该说的话："不就是关于羊的事吗？"

主人公手中的电话听筒"如冰河一般变冷"，因为同事终于发现，"我"是住在异次元世界的人——猫族人。
寻羊冒险记，一场像猫一样酷的冒险，就这样拉开序幕。

咖啡猫 物语

猫和咖啡 /

最治愈的组合 /

都市浪人 /

最温暖的慰藉 /

东京武藏野吉祥寺 / きやりこ /

鲜亮的色彩 /

悠闲自得的猫 /

不觉使人心情舒畅 /

京都一家小小的咖啡馆 /

猫员工大选 /

涂鸦 /

chapter

07

穿越时空的猫

那时我想要休息一会儿闭上了眼睛，耳边忽然听到微弱的声音说道："虽然这么说……"我一下睁开了眼睛。环顾四周，却毫无人烟。只有身旁的猫在熟睡着。

——《村上朝日堂是如何锻造的》

不管全世界所有人怎么说，我都认为自己的感受才是正确的。无论别人怎么看，我绝不打乱自己的节奏。喜欢的事自然可以坚持，不喜欢的怎么也长久不了。（村上语）

无规则的猫节奏

几千年都未被完全驯化的猫，在漫长的与人相处的历史中，逐渐形成了独特的乐感。猫的一举一动，一顾一颦，都在谱写属于自己的"猫之歌"。

无论多么擅长音律的人，想要把握猫的节奏可不那么容易。

猫永远只追随自己的节奏，潇洒随性。

索玛最烦我抱它。每次把它抱起，它不是蹬腿就是乱扭脖子，一副誓死抵抗的姿态，有时甚至会大叫着亮出尖利的爪子威胁我。无论我怎么抚摸它、安慰它，都无法把它留在怀里。

对于一个真心实意的爱猫者，被猫拒绝实在 不是件好受的事。

可是，索玛才不管是不是伤了谁的心，上一刻还从我怀里挣脱，下一刻便大摇大摆地扑到我的膝盖上或者肚子上来，毫无顾忌，甚至赖着不走，仿佛用杠杆都难以撬动它。

猫拥有神奇的力量，能一眼看穿人的心思。当你想叫它快点儿下来时，它偏不；而当你想让它再待一会儿时，它却"嗖"地跑掉了。所以，我到现在仍不确定，什么时候可以抱索玛，什么时候不可以。

索玛玩累了，钻进书桌的抽屉睡起觉来——这是它的新"床"。不一会儿，屋里响起了细小的鼾声。节奏均匀，像落日中微微荡漾的湖水。

空气中飘散着慵懒而静谧的分子。

猫随心所欲地创作着自己的生命乐章，完全不受人类紧张的生活节奏影响。

纵使每天和猫一起生活，也无法把握猫的节奏。

每次我把文件放在桌上，阿扬都喜欢趴在上面睡觉，死死卧着，一动不动。它还喜欢在键盘上跳舞，在屏幕上打出用猫语写成的文章。我甚至想把它写的文章打印出来寄给村上春树，请求村上君帮忙翻译，说不定还是不可多得的佳作呢。

餐桌上的报纸，对阿扬来说也是极好的床垫。如果开了电视，它就会卧在报纸上，目不转睛地盯着电视看。

说起来，村上君好像特地给被猫打扰而情绪低落的人推荐过"猫喜欢的录像带"。

我也买了。

现在阿扬跳上了我的书桌,坐在村上的《去中国的小船》上,专心地梳理着自己的皮毛。俄而,它换个姿势,一屁股坐到笔记本的键盘上,趁我不注意,偷偷按了只有它自己知道的组合键,改变了输入法切换。我感到很混乱,而它却很得意。

阿扬总是充分调动身体的所有部位,企图干扰我写它的故事。而当我写索玛或者小灰的时候,它就会很安静地在一边看书,偶尔凑过脑袋来探一眼,就像老师在课堂上指导学生写作业。不知道它是不是真的能看懂人类的文字。

像猫一样，带上信仰，开始
一段属于自己的冒险之旅。
若能为此耗尽一生，也算得
上是幸福的。

寻猫冒险记

村上春树小说中的主人公几乎都像猫一样慵懒，除非被强迫，否则对任何事情都打不起精神来。即使不得不做某些事，它们也是极不情愿地嘟囔着"好吧好吧"。而一旦受到强迫，它们便会产生强烈的抵抗情绪，如同隐藏着尖利的爪子——和猫一样。

《寻羊冒险记》中，黑衣秘书命令"我"寻找"背部有咖啡色星状斑纹的羊"，于是"我"在电话中反驳他——

"问题就在这里。简要说来，我明天想去找羊。想来想去，最后还是决定这样干。但是，既然干，就要以我的步调干，想说的时候就说个够，闲聊的权利我也是有的。我可不愿意所有行动都被人监视着，不想被连名字都不晓得的人弄得团团转——只此一事。"

"你误解了你所处的立场。"

"你也误解了我所处的立场。听着，我认真想了一个晚上，这才想明白我几乎没有怕失去的。同老婆已经分手，工作今天也打算辞去。房子是租的，家具什物也没值钱货。财产只有将近200万日元存款和一辆半旧车，再加一只到岁数的公猫。西装都是过时物，唱片也基本成了古董。没有名气，没有社会信誉，没有性魅力……"

这简直就是一只高傲的猫在说话。在这里，主人公养着"一只到岁数的公猫"，他和猫是一对搭档，所以行动像猫，谈吐也像猫。

在《寻羊冒险记》中，猫只是进入真正的主题——羊之前的一段插曲，但对猫派村上春树来说，猫和羊一样重要，甚至比羊更重要，因而《寻羊冒险记》改成《寻猫冒险记》也未尝不可啊。

出发去寻羊之前，主人公惦记着猫，借着猫给那个讨厌猫的黑衣秘书有力的回击，于是拨通电话——

"猫的事。"我对那小子说。

"猫？"

如果是个现实的人，拿起电话突然有人对自己说"猫的事"，一定会感到不知所措。按照通常的认定，黑衣服秘书就属于现实的人。但在喜爱村上的读者看来，毫不现实的"我"反而是最现实的。

主人公借着猫那毫无逻辑的逻辑，任意跳转思维，迫使那个讨厌猫的对手妥协。

"养有一只猫。"

"猫又怎样？"

"不托付给谁没办法出远门。"

"那一带不是有好多猫旅馆吗？"

"年老体衰。关进笼子，不出一个月就呜呼哀哉。"

传来指甲"嗑嗑"敲桌面的声响："那么？"

"想寄养在你们那里。你们那儿院子大，寄养一只猫的空地总是有的吧？"

"难办啊！先生讨厌猫……"

且说到这里。

别急着问："最后怎么样了呢？"村上春树处理与猫相关的事——即便是在小说中，诸君难道还有什么可以担心的吗？如果还是难以安心，姑且看另外一个故事吧。

在《幸太郎的去向，小猫沙夏的坎坷命运，再次参加波士顿马拉松》这篇随笔中，村上君提到了自己养的一只猫。

先前在日本自己养的那只猫，作为写稿的交换条件，半推半就地放在了讲谈社的德岛家中。当时，它大约12岁，现在早就过

20岁了。它得到了德岛一家百般疼爱，仍活得很精神。

　　这段文字的遗憾之处在于，村上君没有把"半推半就"的过程详细记录下来，但反过来也成了有趣之处——读者若有闲暇，倒是可以模仿小说中的片段进行扩写。

再潇洒随意的人，都不可能
比猫活得自在，因为在猫的
世界，唯一的规则是任性。

猫化的世界

在村上小说中，"我"是猫的同类，是猫的分身；猫也是"我"的同类，是"我"的分身。"我"和猫，分不清主从。

村上小说的世界，是一个猫化的世界。

在《下午最后的草坪》中，村上春树说："无论怎样力图使之具有完备的形式，但文章的脉络总是到处流窜，最后连是否有脉络都成了问题，那就像在摆放几只软绵绵的小猫。"

确实如此！

此时此刻，阿扬正在翻开的书上伸长身子睡觉，尾巴却左摇右摆，把放在桌上的眼镜、车钥匙、手机、书本、小刀、电子词典、便笺、圆珠笔、鼠标等搞得一团糟，毫无脉络可循。透过窗户的玻璃，可以看到索玛在院子里上蹿下跳，一会儿又钻到花盆中间去了，似乎在追什么东西。它自娱自乐的本领是三只猫中最强的。它的快乐总是来得莫名其妙。

小灰呢？

平常这个时候，它应该在睡觉，而且都会睡在我目所能及的地方。现在却不在屋里。也不在窗台上。也不在廊下。不知道"流窜"到哪儿去了。

猫就是这样，当你以为自己够了解它们的时候，它们往往给你当头一棒。

"人类，永远不要以为能牵着我们的鼻子走！"

这只是我的猜测。当然，猜中也不无可能。虽然纯属偶然。

群猫相聚，不像狗或蚂蚁那样有首领。

而且，如果没有特别必要——比如路边有扔掉的鱼杂碎——猫是不会聚集成群的。

猫没有固定的角色，喜欢单独行动。如果你想让猫按照你的章法来行动，恐怕要白费心思了。

村上的世界，就是以毫无章法的猫为脉络展开的。

这个世界，没有抽象的概念，却充满可爱的细节。如果将这些细节进行归纳汇总，你会发现，再聪明的大脑，都无法产生高深的见解。这个世界，没有神明和君王，是一个无政府状态下的猫化的世界。

这是一个新奇的世界。在这个世界，井然有序又一文不值；没有逻辑，才是有效通行证。

　　这是逐渐猫化的村上世界。

　　主人公对战黑衣秘书胜利以后，发布了一系列指令，细致入微，就像猫在借"我"之口讲述自己日常生活中的所有细节。

　　"请别喂肥肉，那会全部吐出来。牙齿不好，硬东西不成，早上一瓶牛奶和猫食罐头，傍晚一把煮鱼干和肉或干酪条。大小便处请每天换沙，它讨厌不卫生。时常泻肚，如果两天都不好，请到兽医那里拿药给它喝。"
　　如此言毕，倾听对方听筒另一端沙沙响起圆珠笔声。
　　"此外？"
　　"开始生耳虱了，每天请用沾拜橄榄油的棉球棒掏一次耳朵。它不高兴掏，乱扭乱动的，小心别捅破耳膜。还有，如果担心抓伤家具，每星期请剪一次爪子。普通指剪刀就可以的。跳蚤我想没有，但为慎重起见，最好不时用除蚤剂洗洗。除蚤剂宠物商店有卖的。洗完后用毛巾好好擦干梳理，最后吹一下吹风机，否则会感冒。"

　　这简直就是一首以猫为主题的散文诗。
　　一首可圈可点的《猫之诗》。
　　如此深受猫之无政府主义的"我"，却对照顾猫的方法给出这般细致的指示。而接受这些指示的黑衣秘书的世界观完全不同于这如诗一般细致入微的养猫指示，是男人那种井然有序的世界观。

　　然而这种井然有序的世界观，在《寻羊冒险记》中，却逐渐被女人或者猫那没有逻辑的世界观所颠覆。

　　一本正经的黑衣秘书不仅要给毫无章法的老猫洗澡，还要耐心地给老猫掏耳朵、剪指甲，这情景想想就够滑稽。

　　这种说不出的滑稽感，诗一般挣脱了现世的束缚。

　　像《爱丽丝梦游仙境》一样，读者眼前出现了一个新奇的世界。

　　黑衣服秘书和沙丁鱼这对组合，是非常超现实的。

　　这种超现实的滑稽，正是村上世界的灵魂所在。

村上文学是一个由猫联系起来的
广袤世界，不是爱猫爱得入骨的
人，是无法完全理解的。

黑猫宅急便

如果说猫给村上春树带来了创作灵感，那么作为回报，村上春树则赋予了猫穿越时空的能力——时下许多年轻人似乎对这种能力十分热衷，从最近几年的影视剧中就可以得到验证。不知道国外情况如何。想必对于超能力，人类的向往之情是差不多的。只可惜，终究是不现实的。如此想来，倒不如做一只猫——当然，也要遇到村上才没有遗憾。

村上的猫能自由地穿梭于一个世界和另一个世界、一部作品和另一部作品。

当猫和村上春树相遇，一切不可思议似乎都有了合理的解释。

"喂，喂！铃村君，别故弄玄虚了！"

或许有人会这么说吧？

仔细想来，村上君的文字，玄是玄，虚却未必。下面要说的就是关于穿越猫的二三事。

在《海边的卡夫卡》中，少年卡夫卡在一位叫樱花的年长女子家中过夜，第二天清晨，他留下一封信后离开了。他走到楼梯，看到一只黑白相间的斑纹猫在睡午觉。

卡夫卡走下去，在猫旁边坐下，抚摸猫的身体，心里却觉得这猫"似曾相识"。

在这之前，村上并没有说起卡夫卡养过猫，或者喜欢猫。

为什么卡夫卡会对这只黑白相间的猫感到"似曾相识"呢？

猫在中田的故事中是主角，而在少年卡夫卡的故事中仅出现过几次，或许卡夫卡是想起了中田的猫？比如大冢？

换言之，出现在中田的故事里的猫，也许会偶然出现在卡夫卡的故事里。又或许，除了中田的猫，卡夫卡也想起了《寻羊冒险记》和《奇鸟行状录》中的猫——沙丁鱼和青箭？更甚至于，卡夫卡想起了村上君曾拍过一张照的"哪里一只不认识的猫"——从照片看，那也是只黑白相间的猫。

青年星野说过一句莫名其妙却又富有哲理的话：宇宙

本身就是一个庞大的黑猫宅急便。

在村上世界中，猫就像宅急便，从中田的故事跳到少年卡夫卡的故事，然后穿越到村上其他小说里去；或者，干脆穿越到现实世界中来。（村上曾经译过厄休拉·K·勒·奎恩的《飞天猫》、《飞天猫回家》等作品，因此在他笔下出现穿越猫也不是不可理解的。）

《海边的卡夫卡》接近尾声的部分，一只路过的猫停下来饶有兴味地看着中田和星野在河边烧着不合节令的火。那是一只"瘦瘦的褐纹猫，尾巴尖儿略略弯曲"——这不就是《寻羊冒险记》中的沙丁鱼，或者《奇鸟行状录》中青箭吗！

猫是一种超乎时间空间的存在。

事实上读到暹罗猫咪咪的时候，我就觉得，它和那只被村上寄养在德岛家的母暹罗猫有着奇妙的联系。这么说起来，幸太郎、彼得、妙子、缎通、麒麟等所有村上养过或者见过的猫，应该不仅存在于这个世界，也存在于村上的小说世界吧？如果做一份对照表，想来是很有趣的。有兴趣的读者可以试试，反正，坏处是没有的。

顺便提一下，邻居家的暹罗猫比以前胖了一圈，但仍

然很精神。妻说暹罗猫能胖成这样真是少见。邻居很犯
愁，正和妻讨论给猫减肥的事。

　　我倒觉得，无论什么猫，都是胖一点儿的好，圆滚
滚的，看着舒服，摸着也舒服。就像阿扬这样。不过，如
果涉及健康问题，那就另当别论了。不管怎么说，我和
村上君看法一致，就算不是自己的猫，也希望它能"永
远健康、长命百岁"（这是村上君对那只寄养在德岛家
的猫的祝福）。

飞天精灵

嬉戏时捕捉的瞬间 /

惊艳 / 华丽 /

奋力一跃／

华丽转身／

chapter

08

被偷走尾巴的猫

　　竖起耳朵，可以听到猫在遥远的地方吮
吸脑浆的声音。三只身体绵软的猫围着开裂
的头颅，吮吸着黏糊糊的灰色浆液。它们红
红的粗糙舌尖津津有味地舔着我的意识的柔
软皱襞。每舔一下，我的意识便如春天的地
气一般摇颤不已，渐稀渐薄。

　　　　　　　　　　——《斯普特尼克恋人》

在世界这个大熔炉里，人类丢失了灵性，于是猫成了不可思议的存在。

会占卜的猫

　　我和妻常去的神社新来了一只猫。它尽忠职守得很，表情严肃，蹲坐在门口，俨然就是不容冒犯的守护神。

　　听说那只猫的前主人是一位年过八旬的老太太。那时它没有名字，老太太叫它"猫酱"。一人一猫，怡然自乐，经常出现在清晨和黄昏的巷子里。我似乎也见过那么一两回。（如果记错了，还请读者见谅，毕竟在这之前，我没有刻意留意过这只猫。）

　　老太太一直都很精神，街坊邻居谁都没有想到，早上还带着猫酱散步的老太太，下午突然就去了。后来有人回忆说，其实也不是完全没有预兆。那几天猫酱不肯好好吃饭，一到晚上就开始叫，声音充满惊恐和哀伤，老太太以为它病了，特地带它去看医生，医生却查不出个所以然；老太太临走的那天，猫酱一反常态，无论如何也不肯待在老太太怀里，老太太为此还在巷口的杂货店宠溺地骂了猫酱。

没想到啊没想到……

世间的事，说是巧合也不尽然。

猫天生就被赋予妖灵之力，当死神的脚步靠近，它们立刻就闻到了枯朽的气息。它们试图用自己的方式告诉人类，却被自以为是的人类曲解。究竟是猫辜负了人，还是人辜负了猫，恐怕谁也说不清。

某天早上，猫酱出现在神社的鸟居前。老太太以前曾带它来过，神社的丸山老先生一眼就认出了这只猫，于是收留了它，还叫"猫酱"。

猫酱在神社充分展示了自己妖灵之力，用丸山老先生的话来说，"这是一只会占卜的猫"。

"说起来真是叫人难以置信，它能预测天气，一报一个准。如果它爬到院子里的樱花树去叫，说明很快就要下雨了。如果当天晚上它钻进房子底下去睡觉，第二天肯定是个晴天。而且，它能预知来神社参拜的人是男是女，是老是少。一点儿都不夸张……看吧，有人来了，一定是女的，年纪不会小。"

虽然这么说，我和妻仍觉得，总是有那么一点儿夸张在里头的吧，否则岂不是太荒谬了？但荒谬的事确实就这么发生了。从鸟居处进来的果然是一个女人，四十几岁的样子。

猫酱蹲在地上，两眼炯炯，但，我和妻都看不出什么特别。

想来猫的神奇，不是谁都能读懂的，即便像我和妻这样爱猫如命的人，也未必能看穿每一只猫的心思。但反过来，猫却似乎能看穿所有人。

人们把太多的目光集中在故事的高潮上，从而忽略了开端的精妙。

猫仅仅是个开端

很长一段时间，我对猫酱具有占卜能力这一点难以释怀，常常跑去丸山老先生的神社观察，但徒劳而返。后来忙于整理之前写的一些零碎的文章，渐渐就不像一开始那么在意了。

猫引出的不可思议之事，大都仍是可以接受的。何况，猫会占卜这种事，村上春树也写过。

读者一定还记得加纳马耳他吧？就是《奇鸟行状录》里面的女巫，或者说预言者——"您身上往后一段时间里我想将发生各种事情，猫恐怕仅仅是个开端。"

主人公受妻的"拜托"去找已经失踪了一个礼拜的猫——说是拜托，其实更像是不容置疑的命令——"我"和加纳马耳他展开了一段耐人寻味的对话。

"您专门寻找这类失物吗？"我试着发问。

加纳马耳他以其没有纵深感的眼睛盯视我的脸，仿佛从空屋窗外往里窥视。由眼神判断，她好像完全不能领会我发问的用意。

"你住在不可思议的地方啊！"她对我的问话置若罔闻。

"是吗？"我说，"到底怎么样不可思议呢？"

加纳马耳他并不回答，将几乎没有碰的奎宁水又往一旁推了十厘米："而且，猫那东西是极为敏感的动物。"

我同加纳马耳他之间笼罩了片刻沉默。

"我住的是不可思议的地方，猫是敏感的动物，这我明白了。"我说，"问题是我们已在此住了很久，我们和猫一起。为什么它如今才心血来潮地出走呢？为什么不早些出走呢？"

"这还不清楚，恐怕是水流变化造成的吧，大概水流因某种缘故受阻。"

"水流？"我问。

"猫是不是仍活着我还不知道，但眼下猫不在你家附近则是确切无疑的。因此不管您在家附近怎么寻找猫都出不来，是吧？"

我拿起杯，喝了口凉了的咖啡。玻璃窗外正飘着细雨。天空乌云低垂。人们甚为抑郁地打伞在人行桥上上下下。

"请伸出手。"她对我说。

我把右手心朝上伸在桌面。想必要看我手相。不料加纳马耳他对手似乎毫无兴致。她直接伸出手，将手心压在我手心上。继而闭起眼睛，一动不动保持这个姿势，仿佛在静静埋怨负心的情人。女侍走来，做出没有看见我和加纳马耳他在桌面默默合掌的样子往我杯里倒上新的咖啡。邻桌的人时而朝这边瞥上一眼，但愿没有熟人在场。

　　这个情节也可以证明村上小说的本质是由女巫的预言构成的。

　　这段前言不搭后语的对话，是村上式交流方式的精髓部分。这个场面的有趣之处在于，让人感觉怎么强调都不够。但如果想要明说其中的妙处，它就会涣然消散——正和猫的有趣之处一样。

　　女侍假装没有看见两人的动作，向杯里注入咖啡。

　　这真是精心设计的风格主义氛围。

　　为了支撑这个完美的虚构空间，"我"、加纳马耳他、女侍、店里的其他客人，都在屏息配合演绎。

　　这是马格里特画中的世界，或者说是卡夫卡和路易斯·卡罗尔小说中的世界。

　　加纳马耳他可以算是村上春树小说中境界最高的角色吧。让这样一位冷酷的女性登场，可见《奇鸟行状录》的成功是意料之中的。

风格主义：源于意大利语 Maniera，也译作样式主义或矫饰主义，它反对理性对绘画的指导作用，强调艺术家内心体验与个人表现，绘画精细，表面效果华丽，多戏剧性场面。

马格里特（1898—1967年）：比利时超现实主义画家，画风带有明显的符号语言，如《戴黑帽的男人》。

路易斯·卡罗尔：英国作家、数学家，著有童话故事《爱丽丝梦游仙境》。

女人至少应该拥有一条属于自
己的连衣裙，无需奢华或昂贵，
但要独一无二，只为在离去后
仍能令人想起曾经的身影。

连衣裙之恋

在《奇鸟行状录》的世界中，女性占据压倒性的主导地位——女性即猫，因此，这是一个由猫主导的世界。

这篇小说中复杂离奇的事件层出不穷，但根本的故事主线却十分简单，概括来说，就是冈田亨寻找失踪的久美子的故事，猫的失踪是久美子失踪的铺垫。

冈田亨和加纳马耳他的对话还在继续，主人公不知为什么想起了妻的带花纹的连衣裙。需要注意的是，这个时候妻还没有消失——结合《寻羊冒险记》中主人公想起妻的筒裙时那种"冷冰冰"的感觉——那是失踪留下的感觉——不难理解，这是妻消失的前兆。

关于这条连衣裙，村上春树用了不少笔墨，原文整理如下：

〔一〕出门前，久美子来我面前叫我给她拉连衣裙背部拉链。那连衣裙吻合极好，拉起来费了些劲。她耳后发出极好闻的气味儿，很有夏日清晨气息。"新香水？"我问。她未回答，迅速看一眼手表，抬手按一下头发。"得快走了！"说着拿起桌上手袋。

〔二〕我试图归纳一下这几天自己身边发生的事。先是间宫中尉打来电话，那是昨天早上——对，毫无疑问是昨天早上。继妻出走。我拉了她连衣裙后背拉链，发现了花露水包装盒。接着间宫中尉来访，讲了一次奇特的遭遇——被蒙古兵捉住扔到井里。间宫留下本田先生送的纪念品，但那仅仅是个空盒。再往下久美子夜不归宿。那天早上她在站前洗衣店取走衣裙，就势无影无踪。跟她单位也没打招呼。这是昨天的事。

〔三〕我坐在檐廊里怅然望着庭院。其实我什么也没望。本打算想点儿什么，但精神无法集中在特定一点上。我反反复复回想拉连衣裙拉链时见得的久美子的背，回想她耳畔的香水味儿。

都是平淡无奇的日常场面，但事后看来，却带有某种决定性的意味。妻的花纹连衣裙混杂在"我"的预感和回忆之间，在预感和记忆的山谷间摇摇欲坠，就像妻离家出走的信号。之后，中尉来访，展开了一大段谈话。久美子大概就是在进行这段长对话时消失的。

主人公几次想起了这条连衣裙，就像它是久美子的化身。连衣裙已经成为一种恋物对象深深印刻在"我"的脑海中了。但是它是何时进入"我"的脑海中的，却无从知晓。

奇妙的是，这固执地多次出现的连衣裙，在久美子失踪之前，也就是在和加纳马耳他见面并掌心相合时，就已经出现在"我"的脑海中了。这段插曲，甚能体现在村上小说中，女巫进行占卜的时间之曲折性。

"我"在想起久美子的连衣裙之后，电话铃响了，是加纳马耳他。从连衣裙到电话，再到猫，故事就这样展开——

> "我是加纳马耳他，打电话是为猫的事……"
> "猫？"我回应道，已经完全把猫抛之于脑后了。

本来故事是从绵谷升这只猫的失踪开始的，而当久美子失踪后，故事的主题在不经意间转换到了久美子身上。绵谷升和连衣裙一样，都是和久美子有关的恋物对象。

在绵谷升和妻消失之前，家里曾经来过一个电话，响了很久，而当时，"我喝着啤酒，久美子不出声地哭泣着。数到二十声的时候，我就干脆任由电话响着了"。绵谷升就是在这个电话铃声中消失的，而电话每响一次，久美子就从村上的小说中消失一点儿。

不过村上第一次在小说中提起对衣服有恋物倾向，应该是在《寻羊冒险记》中——"我"对女友提到过。——"我转弯。……不料我前面有谁正在转下一个弯。是谁看不见身影，只见白色裙摆一闪。而这裙摆的白色却烙在了眼底永不离去。这样的感觉你可明白？"

久美子的连衣裙，就像这离去之人的白色裙摆一样，是离去之人残留的影像。

开始即是终点，终点即是开始，
一切都在周而复始。这是村上
的世界，也是我们的世界。

旋涡猫小说

　　村上春树本来想写的可能是一只猫不见了、最后又回来了的故事，但仅是这样的情节是不能成为故事的，于是久美子的失踪取代了猫的失踪，所以我们最后读到的就是久美子失踪的故事。

　　在妻失踪这个故事的基础上，村上又加入了中尉的"长对话"、"诺门坎战役"，以及为了寻找失踪的妻而对其哥哥设下圈套等情节，最后"变成"了一个长达三部的小说。但是，在这些故事中却隐藏着绵谷升意外失踪又意外出现，随后又被取名为"青箭"的故事。

　　这简直就是猫"变"出来的故事。

　　回到家已经是傍晚，妻在厨房忙着准备晚饭，阿扬和小灰睡在廊下，索玛卧在沙发上。

熟睡中的猫，带着某种使人安静的魔力。在猫有规律的呼吸声的感染下，心中的兴奋也变得静静的了，没有一丝涟漪。

我蹲下来抚摸猫的身体。村上春树所说的那种"小而切实的幸福感"像彩色的泡沫一样渐渐浮上来，将我轻轻围住。

我在檐廊挨着猫看书看到傍晚。猫睡得很深很熟，活像要捞回什么。

喘息声如远处风箱一样平静，身体随之慢慢一上一下。我时而伸手碰一下它暖暖的身体，确认猫果真是在这里。伸出手可以触及什么，可以感觉到某种温煦，这委实令人快意。我已有很长期间——自己都没意识到——失却了这样的感触。

村上写这段文字的时候，应该也不时伸手抚摸一下身边熟睡的猫，来感触它身上的温煦吧？

三岛由纪夫从这样安稳无事的幸福中逃脱出来，进入了一个充满血腥的世界；而村上却选择了和猫过这种拥有"小而切实的幸福感"的生活。

我回到书桌前，慢慢整理一下午的成果。

绵谷升（青箭）回来了——无论如何，猫能回来都是一件值得拍手相庆的事，连失踪的久美子也发来信息，对猫的回归表示祝福。

　　"那只猫还活着真叫人高兴，一直担心来着。"

　　"请爱惜猫。猫能回来我真感到高兴。叫青箭吧？我对这个名字很中意。我觉得那只猫好像我和你之间萌生的好的征兆。当时我们是不该失去猫的。"

以猫开始，以猫结束，一个循环的故事。

实际上，《奇鸟行状录》就是一只盘成"旋涡型"睡觉的猫的形状。

这也是村上小说的基本框架。

失去的东西总会再回来，或许只是换一种方式罢了，因此，不必忧伤。

真正的尾巴在这里！

　　村上为青箭，或者说绵谷升设计了一种异类风格的回归——附在通灵的女人加纳马耳他身上。

　　加纳马耳他出现在了主人公的睡梦中。两人对坐饮茶，忽然又拿起话筒——面对面打电话，确实是个奇妙的场景。

　　"我"告诉加纳马耳他猫回来了，加纳马耳他对"我"的话半信半疑。

　　"猫外表没有什么变化？没同失踪前不一样的地方？"

　　"不一样的地方？"我想了一下说，"那么说，秃尾巴的形状倒好像跟以前有点儿不一样……"

这里的"我"可能是想到了《寻羊冒险记》中的"尾巴尖卷成60度角"的沙丁鱼，所以才说"秃尾巴的形状好像跟以前有点儿不一样"。

如此说来，猫这种生物，似乎没有明确的个体，每一只猫都与其他猫相连着。就像青箭和沙丁鱼，虽然出现在不同的小说中，却像是一只猫；就像家里的阿扬和索玛，虽是母女，但在我的意识里还是经常会把它们混淆。

这并不是说对单独一只猫的感情很薄弱，而是说对某一只猫的感情已经和对其他猫的感情融为一体了。就像每个人都有自己喜欢的异性类型一样，喜欢猫喜欢的也是"猫"这个混沌的整体。

在村上小说中登场的女人和猫——久美子、绵谷升（青箭）、加纳马耳他、笠原May、电话中的女人，等等，也是一个相通相融的整体。村上世界中的人和猫在某个地方消失，却被赋予新的特征和名字后，出现在另一个地方。

如果要说区别每只猫的记号，大概就是各自尾巴弯曲的方式了。

夜晚睡觉的时候，如果有猫钻进我的被窝，我就会用手指触摸一下它的尾巴——如果尾巴尖有点儿弯曲，就是索玛；如果伸得笔直，就是小灰；而阿扬的尾巴像松鼠一样粗大。这样我才能安下心来，继续进入睡眠。

《奇鸟行状录》中的"我"对归来的猫的尾巴也一直心存疑虑——"猫

回来摸它的时候，蓦地觉得过去秃尾巴好像卷得更厉害来着。"

随后，加纳马耳他套话一般地问道："不过猫肯定是同一只猫吧？"

接下来的这句话暴露了小说最核心的秘密——

不过很抱歉，实话跟你说，猫真正的秃尾巴在这里呢！

加纳马耳他是猫！那么，她的妹妹加纳克里他肯定也是猫。妻久美子时而会变成加纳克里他，所以妻也是猫！

于是，我们看到村上世界中的出场人物都变成了猫，而所有出场人物的带队者——"我"，这个谜一般的角色，自然也处于向猫演变的过程中。

所有的人都陷入了猫这个混沌的整体中。这就是村上小说的核心吧？

加纳马耳他还展示了她的尾巴——

加纳马耳他转身把背对着我。她屁股上的确长着一条秃尾巴。为了同她身体尺寸保持平衡，固然较实物大出许多，但形状本身则同青箭的秃尾巴一般模样。尖端同样弯得毫不马虎，弯法细看之下也比眼下青箭的远为现实而有说服力。

绵谷升到底有没有回来？其实村上设计了开放式的结局。

尾巴长在加纳马耳他身上，而且加纳马耳他——即使在梦中——说了一句让人难以置信的怪话——"冈田先生，加纳克里他生的孩子叫科西嘉。秃尾巴急剧地摇个不停。"这时，加纳马耳他已经完成了向猫的变身。

读了这样真实而有说服力的情节，让我不禁感觉，在村上小说中，梦里的加纳马耳他摇摆的尾巴才是真的，而家里的索玛那尖有点儿弯曲的尾巴是假的。

我心怀疑虑，走到儿子的卧室里去找索玛。

索玛正团卧在被子里沉沉地睡着。它现在已经能辨认我的脚步声了，知道是我，因此没有警觉地坐起来。

我轻轻掀起被子，用手碰了碰索玛的尾巴。

索玛百无聊赖地打了个哈欠，然后又沉沉入睡。

这是索玛本来的尾巴吗？

难道……我恍然大悟，索玛的尾巴也许被偷走了，长在了加纳马耳他身上！

每每在神社遇到猫 /

都忍不住猜想 /

究竟是神社赋予猫灵力 /

还是猫带给神社安宁 /

柳森神社 / 在募集箱前睡觉的猫

chapter

09

猫　　　　　趣

　　人有形形色色的人，猫有形形色色的猫。我因基本上过着悠闲生活，故得以经常观察猫的动态。真可谓百看不厌。有十只猫，就有十种个性，十种毛病，十种生活方式。也许你说毕竟是活物，岂非理所当然——倒也是理所当然——但认真地看起来，还是有许许多多不可思议之处。不可思议、不可思议啊——如此想着想着，不觉日落天黑。

　　　　　　　　　　——《村上朝日堂的卷土重来》

女人和猫，有着天然的互通性。爱猫的男人，大抵喜欢像猫一样的女人。

猫和女人

与一位同样爱猫如命的男性朋友闲聊，说起猫和女人的异同来，觉得颇有意思，闲记几笔。

猫和女人都爱化妆——猫作为女性般的存在，几乎一有空闲就梳理皮毛或洗脸；女人呢，早上起来不对着镜子弄上一个小时是不会出门的。女人很多时候都急躁不安，但在化妆这件事上，却和猫一样有耐心。

猫和女人都爱撒娇。如果一个大男人嗲声嗲气地说话，肯定会惹得周围人掉一地鸡皮疙瘩吧？可见，撒娇是猫和女人的特权。而且，猫和女人一旦犯了错，不是用可怜兮兮的眼神望着你，就是不屑一顾地傲然走开，如此刁蛮任性，使男性束手无策。

猫和女人都喜欢以顺滑光亮的皮毛来显示自己的高贵。那些穿貂皮大衣的女人就是明证。(妻好像是个例外,她从不穿带动物皮毛的衣服,除了羽绒服。)小灰每次睡醒,都会身子一拱,打个大大的哈欠;而阿扬睡觉时则能把身子直接挂在凳腿间的横木上。女人在这方面也很在行,看那些练瑜伽的女人就知道了。我有时甚至怀疑,女人和猫都是没有骨骼的生物。

猫和女人都喜欢偷窥别人的秘密。所以,每次看到妻抱着猫窃窃私语,我就不由得警觉起来。

猫和女人都爱睡懒觉,不过猫比女人幸福,因为它们不用早起做便当,也不用忙碌家务,每天都可以睡到自然醒。(想必也有例外的。前两天一位朋友跟妻抱怨,她那十五岁的女儿睡起觉来比猫还沉,日上三竿了,拉都拉不起来。)

猫和女人还有一个令人头疼的共同点,那就是没有方向感。也许有人反驳,猫的方向感好着呢,村上的缎通,记得不?还不是经常跑回原来的家去!这么说倒也确实如此。那就加上一个限定词吧:我家的猫和女人都没有方向感。

别看经常外出的阿扬和索玛每天都能顺利回来,它们走丢的次数并不比小灰少。阿扬离家最长的一次是四十二天,当我们全家快要放弃寻找时,附近的一个小伙子带来话说好像在哪条巷子里见过一只枯叶色的猫,肥嘟嘟的,就是有点儿脏。后来证明,那就是阿扬,已经比一个多月前瘦了很多。妻毕竟是个大活人,走丢还不至于,迷路却是常有的。有人说,偶尔犯迷糊的女人更迷人，那么同样也可以说，偶尔犯迷糊的猫更可爱。

无论是在生活中，还是在文学中，没有哪一样动物像猫这样接近女人。然而，不同之处也是不少的。

大多数女人都很注重身材，吃东西挑三拣四的；猫却没这么多讲究，该吃就吃，该喝就喝，该睡就睡，该胖就胖。

女人睡觉的时候，如果被打搅，后果可是很严重的。有时动作稍大些，吵到了熟睡的妻，我都不免胆战心惊一阵。猫却完全不会和你计较，顶多懒洋洋地看你一眼，好像在说"烦人"！

女人遇到突发状况，总是大呼小叫的，而猫却要镇定许多。

女人见到老鼠就跳脚，猫见到老鼠则两眼放光；女人讨厌虫子，猫却喜欢捉虫子。

所以我很费解，女人和猫为什么还是那么合得来？

朋友总结说："能抱着猫和女人睡觉，无论如何都是一种幸福吧。"

生活中再平淡的时光，都是只属于各自的限量版。美慕他人的人，有一天会发现，自己也正被他人美慕着。

小而切实的幸福感

算起来，阿扬是我们家第六代猫，索玛和小灰是第七代猫。

三只猫虽然性格迥异，但其乐融融，偶尔打个小架，非但没有影响母女仨的感情，还能增进了相互间的了解。

妻买菜回来。小灰原本正在打盹儿，突然变得清醒了，动作也敏捷起来，"嗖"地跑到妻的脚下，不停地蹭妻的脚。索玛瞪着大眼睛，机警地蹲在橱柜上，似乎蓄势待发。阿扬低吟一声，继续呼呼大睡。妻看着小灰和索玛的样子，感到为难，看来一场抢食大战不可避免。

小灰为了食物会变得异常勇猛，它不仅抢阿扬和索玛的食物，有时还抢我的食物。一天早上，我把三明治放桌上，转身进厨房去拿热好的牛奶。小灰二话不说，趁机咬了一口火腿，见我出来，面无惧色，一副挑衅的样子。

妻说，这都是我纵容的。我虽不愿承认，却也不敢否认。想到平日里不受欢迎的小灰在抢食的时候如此可爱，我不忍责备，只好把火腿全部给它。小灰吃饱喝足，美美地撒个娇，跑去继续睡大觉，等待下一场抢食大战。

邻居家的顶酱来串门，和索玛正在窗台上挠玻璃玩。顶酱脖子两边的赘肉已经没有了，看来减肥效果还不错。妻甚至想向它的主人讨教减肥方法，给阿扬也减一减，被我拦住了。

玻璃窗里边，阿扬正站在翻开的书本上，右爪玩着鼠标——这是它的爱好之一。它每次读书，都会有些心得体会要记下来，要么用我放在桌上的钢笔，要么就用电脑，可惜都是猫语。

索玛最近对盆栽很感兴趣，已经成功毁坏三盆花了。有时刨完土，直接钻进妻的怀里或被子里，胆识果真不凡。除了踩躏花花草草，索玛还开始翻箱倒柜找东西，前两天不知从哪儿叼出一条旧围裙。

小家伙还特别喜欢听水流的声音。马桶那"哗啦啦"的冲水声给它带来无限惊喜。有时趴在马桶边，目不转睛地看着水从眼前消失，还会挠我的腿想要再看一次。所以如果到处找不到它，它十有八九是在厕所。

每次淋浴，我都要先确认一下索玛是否在浴室，因为它曾经悄悄躲进浴室，却被莲蓬头喷出的水吓得大叫乱跑，而它的大叫和乱跑又把我吓得不轻。

猫的喜好虽然怪，相处久了，怪也有怪的可爱。

　　夏日的傍晚，小灰趴在墙边睡觉，表情一贯的忧郁；阿扬躲在凳子下的阴影处乘凉，两只前脚挂在凳脚之间的横杠上；索玛不知在花盆里找什么，刨一会儿土就停下来仔细看一看，然后继续刨。

　　不知从什么时候开始，这似乎成了我们家最习以为常的情景。

　　安静得不带任何杂念。

　　远处列车轰隆，开往繁华的尘世。

　　我的心底却回响着"夏日结束时的海鸣般的隆隆声"。

　　三口之家，加上三只猫。

　　借用村上君的话——小而切实的幸福感。

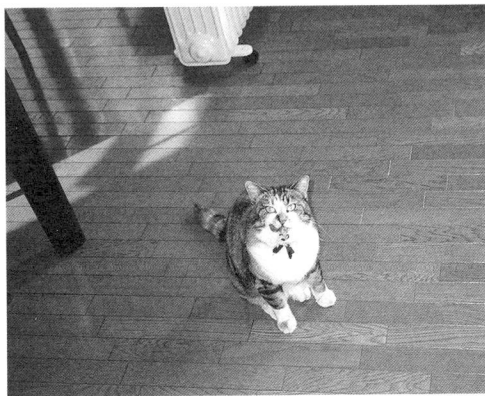

微笑的阿扬 /

真正的陪伴，像猫一样，经得起
坎坷，经得起平淡，经得起分别，
经得起岁月的打磨。

灵猫溜溜

我们家最初养的母猫叫溜溜。

这是我们家第一代猫的故事。

溜溜就像《一千零一夜》中的神灵一样，可以从地面"腾云"而起。它
没有戴项圈，毛很整齐，看起来也不像饥饿难耐，原先应该是附近的家猫吧。

三十六年前的某个夏夜——真是非常久远了，妻在黑暗中看到那双发
光的绿眼睛，于是就抱起它带回了我们在野方的家。

在深夜的巷子里，它被一对男女抱起，它的眼中闪烁着绿宝石的色
彩，似乎在说："好呀，快把我带回家吧，正好在现在的家待腻了。"

妻对猫的喜爱，几乎无人能及，而我在捡回溜溜之前，和猫也没有什
么交集。

很老的老照片 /
妻抱着溜溜 /

如果没有和一个无比爱猫的人结婚，没有在深夜的巷子里遇到溜溜，恐怕我一生都与猫无缘。

再后来，我又在偶然之间喜欢上了村上春树，从此与村上猫结下了不解之缘。

人生就是由各种偶然组成的。

溜溜是只有着绿色眼睛的虎猫，自它之后，家里所养的猫都有着美丽的绿色瞳孔。

溜溜是只很不让人省心的猫。

它喜欢撕咬榻榻米上的垫子；喜欢把桌上的杯子碰倒，看茶水满桌流；它甚至直接跳进鱼缸里抓金鱼，弄得我和妻哭笑不得。

溜溜见到陌生人，第一反应是跳到电视机后面，等确定来者不是坏人，它就大摇大摆地出来，有时还淘气地蹭客人的裤脚。

有段时间，溜溜胃口不好。当时我们居住的地方附近还没有宠物诊所。妻很着急，整天整夜地陪着它，安抚它。溜溜却一天比一天衰弱。

我和妻带着它跑了十几里地去看医生。打针的时候，它没有挣扎，呢喃了一下，样子无比凄楚，看得我们无比心酸。无论平日里给主人添了多少麻烦，病中的猫唯一能依赖的也只有主人呀！

溜溜病好后，似乎习惯了妻的怀抱，不再让我抱它。实在想它想得紧了，我就用它最爱吃的鱼干作为诱饵。大病一场，它好像比原先更机灵了，从来没有上当过。

希望你下辈子不要改名，这样我会好找你一点。有时失去不是忧伤，而是一种美丽。（村上语）

观海的挪亚

从野方搬到横滨以后，溜溜有了第一个孩子挪亚——一只黑猫。

挪亚的皮毛黑得发亮，和它那绿色的瞳孔相得益彰，美得无与伦比，简直就像会呼吸的活宝石。它很小的时候，就已经学会和人类打交道了。妻说，挪亚曾在附近的小丘上和一个男孩儿一起眺望大海。

挪亚美得简直不像这个世界的生灵。

可是一个冬天，它感冒了。妻买了猫用感冒药。然而吃完药，挪亚口吐白沫，身体痉挛，死在妻的怀中。

妻哭着说："不该把暖炉烧这么热的，让它变得这么脆弱……"

我们把挪亚埋葬在那个能看见大海的山丘上，那是它最喜欢的。感冒接连夺走了好几只猫的生命。溜溜的其他孩子——挪亚的兄妹乔和妮妮也去世了。

乔和妮妮所生的孩子也都一个个因感冒死去了，只剩下圆圆。圆圆和妻很亲近，妻亲自给它喂抗生物质，总算保住了它的小命。

从富冈搬到东横沿线的纲岛时，第一代猫溜溜已经完全从我们的生活中消失了。妻在夜路中捡起它的那个夜晚，像梦一样突然，而它的消失也是草草收场。

我不太喜欢我们在纲岛的家。北向的房间挨着悬崖，终日不见阳光。圆圆却在这里生了不少小猫。

莫卡送给了妻的姐姐。

毛毛送给了住在土浦的妹妹。

宫佐"有点儿呆傻"——这是妻子的评价——块头倒是挺大。

…………

如果一一写下去，恐怕会像《圣经》中的《民数记》一样长。但和《圣经》不同，这是从母亲到女儿的继承，是母权型故事。

猫的故事，本来就属于女人。

圆圆的孩子都是难产，多是逆生子。快要生产的时候，它抓着妻的衣角。妻陪了它整整一夜。

格瑞也是逆生子，尾巴先出来。

　　妻看到圆圆的样子，在一旁急得团团转，忍不住去帮忙，不小心弄掉了小猫的尾巴。于是，格瑞一直都拖着它那卷曲的短尾巴，蜷成一团在我的椅子上睡觉。如果轻轻拉它的胡须，它会不耐烦地打个哈欠继续睡；如果挠它的胳肢窝，它的后腿就会凭空抓起来，并用怨恨的眼神看着我。它像它的祖母妮妮，身材矮小，但生性倔强。

　　圆圆大概是因为生小猫受够了苦，生完之后便对孩子们不闻不问。格瑞便负责照顾小猫们。有人看到我们这个爱猫之家，也会把小猫送过来。格瑞连同那些捡回来的小猫一并哺乳。

　　可是，圆圆的孩子们——那些由格瑞照顾的小猫，一只只都不见了。

　　宫佐交了坏朋友，离家出走了。

　　黑猫莫克也不知何时失踪了。

　　最后，圆圆得了肿瘤去世了，只剩下格瑞。而格瑞已经做了绝育手术，所以我们家的灵猫溜溜的血统至此就断绝了。

哪怕我不在你身边，我也在想你，请你相信，世界上最好的感觉就是有人在想你。

钉钉子的声音

格瑞于一九九四年十月二十日去世。它活了十七年零四个月。

一般的猫能活十五六年，有的家猫能活到二十来岁。人在十七八岁的时候，正是青春年华，而猫到了十七八岁，则已经是相当高寿了。

所以，如果换算成人类的年龄，格瑞应该是七八十岁的老婆婆了，但它没有一条皱纹。我经常逗趣地说："没准皮毛下面已经长满皱纹了。"

格瑞一直都保持着年轻时的模样，甚至越来越年轻。它的瞳孔，正是二十六年前的夜路上曾祖母的眼睛里那绿色的光芒。

那年夏天，酷热，格瑞到最后只能饮水。

猫临近死期时都会离开家，但格瑞没有。

某天夜里，我正伏案写作，妻过来叫我："格瑞快不行了。"

　　格瑞站起来走了几步，然后四肢绊在一起，倒在了地上。它没有表现得很痛苦，死之前还一度蹒跚地向妻走去。

　　妻的眼泪落在它身上。

　　格瑞张开嘴，吐了最后一口气，然后身体迅速就变冷了。

　　"格瑞，谢谢你为我们带来的一切。"妻啜泣着说道。

　　我们决定将它葬在庭院里。我在巴掌大的庭院里挖了个坑。妻为它准备了一个小小的木棺材。

　　钉钉子的声音一直不绝于耳。

　　后来我想，幸亏没有火葬。

　　这只陪伴了我们十七载的猫的足迹与气息，随着钉子的"叮叮"声，散落在家中的每个角落。

阿扬一副有话要说的样子 /

阿扬正在津津有味地看电视 /

睡得正香的阿扬 /

阿扬 / 自娱自乐 /

急速奔跑的宗玛 /

后记

假如世上没有猫

我常常想，假如没有猫，这世界将变成什么样呢？

如果有一天早上醒来，发现猫不见了——你找遍屋里屋外，都找不到"咕噜咕噜"低吟的猫的身影；沙发和窗帘完好无损；金鱼悠闲自得地在水里嬉戏；盆栽里的花开得安静而耀眼；客厅里再也不会有垂死挣扎的老鼠和小鸟；你洗澡的时候也不用担心会被吓到——会怎么样呢？

桌上的照片里没了猫，只剩空落落的椅子；书里再也翻不出猫毛，文字变得枯燥无味；没有猫来抢食，吃再美味的早餐也还是味同嚼蜡；午后望着阳光懒懒地洒在空荡荡的院子里，你忽然害怕起来——原来整颗心都已经空了。

四十多年来，猫从未从我们家消失过。即便如此，当猫死去之时，仍觉得一阵空虚。每一只猫都是唯一的，无可替代。如果这屋子从此没有了猫，一只也没有，连猫的气息也没有，那该多可怕!

养猫与读书对我而言，就像我的两只手，相辅相成，编织出多彩的生活；少了它们，我就只剩两只脚，在无垠的宇宙做一具行尸走肉。

多年以前，我从朋友的评论中知道一个叫"村上春树"的人喜欢猫。我一直都主攻法国文学，所以当时不以为意。直到后来读到《寻羊冒险记》，深受沙丁鱼的影响，我才开始认真读起村上春树来。所以，如果没有那只"到了年纪"的老猫，也许我到现在都还不认识大冢、青箭、咪咪、妙子……当然，也就没有这些文字。

因而我对猫的感激不是没有由来的。猫的一个不经意，成全了人的许多美好。如果猫真的从我的生活中消失，从村上春树的笔下消失，从这个世界消失，那么，一起消失的绝不仅仅是猫。

村上春树曾说，他在国外时由于浪迹漂泊，无法养猫，便只好逗一逗附近的猫以缓解强烈的"猫饥饿"状态。

回想起几次出国的经历，这种"猫饥饿"的状态一直如影随形。巴黎的住所比较偏僻，附近只有一家咖啡店的主人养了一只猫，我叫它"丸子"——不知道真名，反正我觉得丸子很适合它，就像村上君觉得幸太郎比莫里斯很适合那只"脾性绝对不坏"的猫一样。

那一个月，我每天傍晚都会去咖啡店附近转悠。丸子见到我就会从店里出来和我玩。遇上下雨天，它就在坐在桌子上，望着玻璃外，一脸不快，仿佛在说："最讨厌下雨了！"

很难想象，如果没有丸子，在法国的日子将会多么难捱。

本书收录的文章，是这些年陆陆续续写出来的，有新有旧，有生活有文学，但都和猫有关。本书能够付梓，我想必须感谢村上君和猫君，以及读者们。

专 访

/

2013 年 10 月，《村上春树·猫》简体版平装本出版，作者铃村和成接受了心灵咖啡的特约采访。

如何定义一只猫

🐈 **part1– 猫性和女性**

▶ "你召唤它的时候，它反而故意不肯现身；而等你几乎要忘记它的存在时，它又不知从哪里冒出来"，在你的笔下，猫就是这么矫情，而且，"一旦犯了错，不是用可怜兮兮的眼神望着你，就是不屑一顾地傲然走开，如此刁蛮任性。"在你看来，猫代表的某一类女性呢还是全体女性？

铃村：不能说猫代表了全体女性，但猫体现了女性身上的精髓，这是可以肯定的。"召唤它的时候，它反而故意不肯现身"这一点，不但与女性在约会时总是迟到所表现出来的娇态相通，而且使人觉得绝不在电视上露面的村上君也拥有深远而非凡的魅力。至于为什么猫能够代表某一类女性，那是因为在悠久的历史长河中，猫之于人类和女性之于男性一样，是一种从属的存在，出于生存本能，为了得到人类和男性的疼爱，猫和女性都尽其所能让自己变得更加可爱、美丽、有素养。尽管由此发展而成的是看起来很"娇情"这一纤细娇媚的性格，但这也正是猫和女性的共通之处，是其为了生存而勇敢的体现。不过在今天，千娇百媚的女性日渐稀少，因而男性们便用娇媚的猫来代替，以寻求慰藉。

▶你曾说，猫最擅长玩失踪，是一种"冷冰冰"的存在。貌似离家出走的女人留下的也是"冷冰冰"的感觉。有这种相似感觉，是单纯的因为猫性和女性的相似，还是因为在你的生活中，猫有着和作为生活伴侣的女性有着同样重要的地位呢？

铃村：无论对谁而言，男人也好女人也好，被黏上总会觉得腻烦。靠得太近的话，会给人一种闷热、难以呼吸的感觉。不过，要是具体到我的生活伴侣身上，这问题可就复杂了。猫和妻子作为同等重要的伴侣，其所拥有的"重要的地位"是不会变的。但是，妻子就一个，非常珍贵，如果要她也变成和猫一样"冷冰冰"的存在，变成擅长玩失踪的"离家出走的女人"，那也未免太矛盾了。嗯，猫和妻子都是生活伴侣，妻子能使我感觉到一种"被囚的女人"带来的温存，而从手边挤过去的猫则给人一种冷冰冰的感触。我觉得，这两者的中和，正好给我提供了一种家庭内部的处世之术。

▶ "猫被抚摸的时候，也会用牙轻轻咬人的手背，充满爱意。咬到你刚能感觉到疼，它就停下。无论多么风姿绰约的女性，恐怕都无法这么恰到好处地噬咬男性的肩膀或胸膛吧。"在你看来，关于"咬"这个动作猫和女人为什么又有着这么大的区别呢？

铃村：在表达"爱"的这一动作上，猫确实比女性更加擅长。我们家的小灰非常喜欢一种叫做"尊马油"的马油。沾一点儿在手指上，小灰肯定会来咬我的手指，但不会很重，只有一点儿疼，颇让我觉得它是在卖弄风情。咬到合适的时候，它就停下来。比起女性轻咬我们的舌头或把指甲掐进肩膀这种爱抚方式，我觉得猫这种给人适度的疼痛感的噬咬技高一筹。

▶ "猫生来就有两张面孔，一张危险，一张可爱。正是这两张面孔，使我们时而对其感到恐惧，时而又为之着迷。"这俨然是一个危险又神秘、冷酷又自信的"蛇蝎美人"，那和这样的"蛇蝎美人"相处，你有什么建议呢？

铃村：和这样的女性相处，首先必须发自内心地爱对方，切勿有半点儿轻视对方的举动。因为心气高的女性一旦得知你只是玩玩会非常生气。她们会现出爪子、露出牙齿，而不仅仅是柳眉倒竖那么简单。到时候，"蛇蝎美人"可就不再是"美人"了，她们会骤然变得冷酷而恐怖，成为纯粹的真正的"蛇蝎"。

part2 - 村上春树和猫

▶在村上春树的作品中，猫总是以一种充满血腥和暴力的方式出场。他的笔下，也曾将杀猫这一行为的冷酷性表现得淋漓尽致。在这不得不产生疑问：如此血腥的杀猫事件，却能写得这般轻松随意，村上春树真的喜欢猫吗？为什么？

铃村：村上君发自本心地喜爱猫，我认为这是毋庸置疑的。但是，小说中出场的人物并不是村上君本人，（在众多人物中），还有对于猫而言极其危险的邪恶人物。为了引发恶魔（例如琼尼·沃克）的残暴——这是故事特有的毒药效果——村上君的小说也设置了180度大转弯，即先给你震惊和迷惑。从这个意义上来说，残杀猫的场面最能使读者提高兴致，怀着忐忑不安的心情，"哗啦哗啦"翻下去，难道不是吗？而当读到主人公和猫做朋友（例如卡夫卡）、和猫在廊下玩耍（例如冈田亨）等情节，读者总算松了一口气，顿时觉得很治愈。这种暴力与缓和、灾祸与平安、恶与善的强烈对比，正是使村上小说变得生动而富有戏剧性的秘诀所在。故而，他并不是刻意要写血淋淋的杀猫场景。

▶你是因为喜欢猫才研究村上春树呢，还是因为深入地研究村上春树才对猫产生了浓厚的兴趣？这里存有"爱屋及乌"的心理吗？

铃村：这个问题很难啊。和猫的爱好者——甚至可以说是狂热者——妻子——结婚（1968 年）后，隐藏在我身上的爱猫本性开始觉醒，而那个时候，村上君的书一本都没出过（他的第一本书是 1979 年出版的）。因此，从时间上来说，喜欢猫要比喜欢村上君要早，但不是说喜欢猫就比喜欢村上君多。嗯，"猫狂人"特质和"村上狂人"特质同时潜藏在我身上，只是由于某种机缘，猫先于村上君抓住了我的心。

▶作为村上春树最权威的研究者，在你看来，猫在村上春树的生命中意味着什么？是有什么特殊的体验或生活经历才让猫在村上春树的作品中有着非常重要的角色吗？

铃村：村上君有一个题为《软绵绵》的短篇小说，是以猫为主题的，描写了少年时代的他和猫的特殊体验。书中有一段话——"猫的时间，就像藏有重大秘密的银鱼，或者像时刻表上没有记载的幽灵车似的，在猫的身体深处，以猫形状的温暖暗影，神不知鬼不觉地消逝。"猫对于村上君的意味，在这里得到了很好的表现。猫时而出现时而消失，是一种变幻莫测的生物，因此被隐喻为"时刻表上没有记载的幽灵车"。村上君从孩提时代起就呼吸着"猫的时间"在生活，故而"村上＝猫＝幽灵"这个公式是成立的。村上作品的主人公们也像猫一样，像幽灵一样，"软绵绵"地浮游着，存在着，或忽然附体于谁，或顺溜地"穿墙"。"附体"和"穿墙"是村上小说中最大的主题，而村上君因为自小和猫亲近，通过亲密的交流，他也学会了这两个"秘术"。

▶如果用"村上春树"、"诺贝尔奖"、"猫"这三个关键词编排一个故事，你会怎么编排呢？

铃村：村上春树和诺贝尔奖的关系，就像猫和主人的关系。有一天，主人抓了一条小小的鱼尾巴到猫的面前，说"喂，吃吧"。猫扑过去，但那是个精明的人，他突然缩回手，躲开了猫的鼻尖。猫又走近，他又躲开。就在这个游戏反复进行的过程中，猫读懂了主人的意图，于是摆出"我不要鱼了"的表情，在原地打起滚来。无论主人在猫的鼻子前诱惑多少次，猫无动于衷，不一会儿，竟安静地睡着了。主人觉得无聊，"哼"了一声，把鱼搁在一边，朝书房走去了。于是乎，猫不慌不忙地起来，悠然地把鱼吃得个精光。

🐈 part3 – 如何定义一只猫

▶ 在你看来，怎样才算是真正的爱猫呢？在爱猫的行为中，你有什么界限么？

铃村：猫是讨厌被束缚的。如果一直抱着，短时间内它能忍受，但达到某一限度时，它就不愿意了，想要获得自由。懂得这个限度，是爱猫的秘诀。猫喜欢自由，但也有受虐狂的脾性，有时也很享受适当的束缚。使这种自由和束缚保持微妙的均衡是很困难的，爱猫的技巧，也要适度的束缚和适度的放任，应该牢记这个度。

▶ 猫在你的生命中意味着什么？感觉你对待猫有点儿像对待自己的孩子一样，你对它们有什么期望吗？

铃村：无论是和同类相处还是是和人类相处，猫都深知"共生"的意义。它们擅长处理相互间的距离问题，不紧不离，有着和平共存的智慧。就算夫妻间发生剧烈的争吵，猫也是一副事不关己的样子，安心睡觉。争吵中的夫妻看到猫那安稳的睡姿，会产生羞耻感，立刻收起扬起的拳头。我对猫的期待，就是这种和平的共生世界。

▶你在书中说到"狗偷窥是向人讨赏，猫偷窥纯粹是天性。"那么，被你分为"猫派"的作家有"偷窥"的天性吗？这种"偷窥"在写作上是怎样表现的呢？为什么？

铃村：说起日本的猫派作家，首先是谷崎润一郎。在其代表作之一的《痴人之爱》中，出现了像直美这样的"蛇蝎美人"，她就像身怀遁隐术一样，在主人公让治跟前"突然消失"。直美越是逃走，让治就越是毫不反抗地按照这个妖女的话去做，直至成为奴隶——简直就像被猫的惯用手法笼络而变得无原则的庄造（谷崎的《猫和庄造和两个女人》的主人公）一样。谷崎因其作品追求在受虐中享受快感而闻名，他的这一性格在作品人物让治身上也得到了反映。猫和庄造的关系不仅体现了让治和直美的关系，也体现了女性／猫和作家及谷崎的关系。

▶你告诫读者，"别试图用一般人类的思维脉络定义一只猫"，那依君之见，该如何定义猫呢？

铃村：再没有比猫更酷的生物了。若读过《村上春树·猫》就能知道了。

图书在版编目（CIP）数据

村上春树·猫/（日）铃村和成著；李天宇译.—北京：北京联合出版公司，
2015.2（2020.8重印）
　ISBN 978-7-5502-3842-8

Ⅰ.①村… Ⅱ.①铃… ②李… Ⅲ.①随笔—作品集—日本—现代
Ⅳ.①I313.65

中国版本图书馆CIP数据核字(2014)第259370号
北京市版权局著作权合同登记号：图字01-2013-1584号

村上春树·猫

出版统筹：新华先锋
责任编辑：王　巍
特约编辑：海　莲　刘思懿
封面设计：孙丽莉
版式设计：孙丽莉

北京联合出版公司出版
（北京市西城区德外大街83号楼9层 100088）
北京联兴盛业印刷股份有限公司印刷　新华书店经销
字数140千字　620毫米×889毫米　1/16　14印张
2015年2月第1版　2020年8月第7次印刷
ISBN 978-7-5502-3842-8
定价：39.50元